AF187959

Erno Mahler

Hockeyfunken springen über!

Viele Bilder in diesem Buch von: Hans – Jürgen Vollrath, Bad Neuenahr – Ahrweiler.

Herstellung und Verlag:

BoD – Books on Demand, Norderstedt

ISBN 978-3-7460-4546-7

MIX
Papier aus verantwortungsvollen Quellen
Paper from responsible sources
FSC® C105338

5   Vorwort:

Jede Sportart hat ihre eigenen Reize und viele Menschen erfreuen sich dadurch an ihrem Hobby. Dieses „zweite" Hockeybuch soll davon berichten, was noch so alles beim Hockeysport am   Rande passiert.   (Erstes Buch: „Hockeystunden zählen doppelt".)   (ISBN – Nr.: 978-3-7347-3064-1)

In der heutigen schnelllebigen Zeit schaut man oft nur nach vorne und vergisst, was alles so passieren kann beim Hockeysport und welche Kleinigkeiten früher wichtig waren. Wer keine Vergangenheit hat, so sagt man, hat auch weniger Zukunft. Ganz am Ende dieses Buches gibt es Erklärungen zum damaligen „deutschen BRD Sport" mit dem „deutschen DDR Sport", auch der Staatssicherheit Dienst, die „Stasi", war immer dabei. (Bericht Kay Milner, Bonn).

Tanzmariechen bei der Einweihungsfeier der EM

7   Inhaltsverzeichnis:

----

8 Bilder:

Auf dem Bild: Großer Spieler Dr. Dr. Erich Rütten,

Kurdirektor HTC Bad Neuenahr

1922 /2923 Präsident des WHV

9 Autoren in diesem Buch:

10 Dr. Christian Deckenbrock

11 Dipl. Ing. Joachim Schneider

12 Hans – Werner Sartory

sowie Axel Zoeller CHTC, Antje Wiegmann CHTC, Kay Milner BTHV, Ingolf Rayermann DHC – DSD - DSC 99, Renate Lehmann-Richter BTHV, Deutsche Hockey – Zeitung (Uli Meyer), hockey.de

----

Große Zinnteller für die Mannschaften.

Kleine Tellerchen für jeden einzelnen Teilnehmer

10 Portrait: Christian Deckenbrock. Er war mal wieder als

„Technical Delegate" für den DHB beim WM -

Qualifikationsturnier in Johannesburg dabei.

Dr. Christian Deckenbrock ist Schiedsrichter und technischer Delegierter für den DHB und weltweit bekannt. Nicht nur seine Körpergröße von 2,01 m fällt allgemein auf, auch seine Leistungsbereitschaft, seine Hockeyleidenschaft, seine Souveränität, sein Gerechtigkeitssinn, seine Liebenswürdigkeit gepaart mit seinem Charme bestechen. Mit ihm sprach der Autor:

Lieber Christian,

habe ja in der Deutschen Hockeyzeitung und im Internet ein wenig verfolgt, wie Du so ein guter Hockeyfunktionär geworden bist. Ich hatte Dich vor einigen Jahren erstmals auf „meinem Schirm", als Du mit Deinem Freund Joachim Schneider bei uns hier an der Ahr ein Hockeyländerspiel geschiedsrichtert hast. So erlaube ich mir, Dir einige Fragen zu stellen:

Autor: 1. Seit wann bist Du ein Hockeyspieler?

Christian: Das muss 1984 gewesen sein. Ich war immerhin schon 8 Jahre alt. Allerdingst begann meine „Laufbahn" nicht gerade glücklich. Ich war noch nicht einmal Mitglied bei RW Köln, als ich beim „Treibball", (jede Mannschaft musste möglichst viele Bälle aus der eigenen Hälfte über die gegnerische Torlinie befördern) plötzlich einen Schläger im Gesicht hatte und vier meiner bleibenden Zähne mehr als bedenklich wackelten bzw. sogar draußen waren. Ich erinnere mich noch gut, wie ich schon kurz danach bei dem Vater eines Mitspielers (er war Zahnarzt) mehrere Stunden lang auf dem Behandlungsstuhl saß. Er hatte alle anderen Patienten nach Hause geschickt und es tatsächlich geschafft, die Zähne wieder einzusetzen, dass ich bis heute darauf zurückgreifen kann, auch wenn die Wurzeln gebrochen sind und sie irgendwann einmal ausfallen werden). Trotz dieses schlechten Starts bin ich dem Hockeysport – wenn auch nicht als Spieler – bis heute treu geblieben. Das erste Jahr musste ich allerdingst mit einer Art Eishockeyhelm zum Schutz meiner Zähne trainieren.

-.-

Autor: 2.   Wann hast Du das erste Mal einen Hockeyschläger in der Hand gehabt?

Christian: Siehe Frage 1 und 3, mehr fällt mir hier nicht ein.........

---.---

Autor: 3.   Wie kamst Du zu dieser Sportart ?

Christian: Wie ich genau zum Hockey kam, weiß ich ehrlich gesagt nicht mehr. Da muss du meine Eltern befragen. Ich kann mich aber noch daran erinnern, wie ich zum „Schiedsrichtern" kam. Schon als Kind bin ich immer zu den Turnieren meiner beiden jüngeren Schwestern mitgefahren und habe dort Spiele geleitet. Da meine Mutter Betreuerin bei der Mannschaft meiner einen Schwester war, hat sie mich immer dazu ermuntert.Mir hat es lange Spaß gemacht, bis mich Ich war damals vielleicht 13.   Mit 19 Jahren – ich hatte als Spieler schon lange aufgehört – wollte ich dann mal wieder ein Spiel meiner Schwester ansehen. Da beide Schiedsrichter einfach nicht erschienen, wurde ich dann von meiner Mutter, die immer noch Betreuerin war, mit den Worten „Du hast das doch immer gerne gemacht" zwangsverpflichtet. Das Spiel, das auf Großfeld stattfand, musste ich übrigens alleine pfeifen...... Nach dem Spiel wurde ich gleich von unserer Jugendwartin zum nächsten Schiedsrichterlehrgang des WHV angemeldet und so nahm alles seinen Lauf.

----- . ----

Autor 4:   In welchen Kinder, Jugend- und Erwachsenenteams hast Du gespielt?

Christian: Ich habe in meiner Jugend immer bei RW Köln gespielt. Ich war nie ein großes Talent und habe es auch nicht immer (gerade als jüngerer Jahrgang) in die 1. Mannschaft geschafft. Von daher habe ich nicht nur bei Uhlenhorst Mülheim etc. gespielt, sondern auch Aschenplätze in Siegen gesehen. Als Spieler habe ich dann bereits in der B – Jugend aufgehört. Ich habe immer parallel zum Hockey auch noch Basketball gespielt. Da sich irgendwann die Termine überschnitten und ich immer mehr auf meine heutige Größe (201 cm) zusteuerte, musste irgendwann eine Entscheidung fallen und die hieß Basketball. Letztlich habe nun seit bald 25 Jahren keinen Schläger mehr in der Hand gehabt, sondern mich ganz auf die Pfeife und später auf die Tätigkeit als technischer Offizieller beschränkt.

---.---

Autor 5:   Hat Dein erfolgreiches Jurastudium an der Kölner Uni mit Deiner Schiedsrichtertätigkeit irgendwie etwas zu tun?

Christian: Mit der Schiedsrichtertätigkeit eigentlich weniger, auch wenn es mir jeweils darum ging, die richtige und gerechte 'Entscheidung zu treffen. Die juristischen Kenntnisse haben mir aber sicher bei meiner sonstigen Funktionslaufbahn geholfen bzw. helfen noch heute. Das juristische Handwerkszeug erleichtert einen doch sehr das Verständnis und die Auslegung von Ordnungen und Regeln und hilft bei der Formulierung neuer

Regelungen. Andererseits ist die Schiedsrichterei auch für mein berufliches Leben keine verschwendete Zeit gewesen. Jedenfalls bin ich vom Pfeifen gewohnt, Entscheidungen innerhalb von Sekunden zu treffen und sich auch gegen Anfeindungen zu behaupten.

---- . -----

Autor 6:   In vielen Ländern warst Du, wie viele Bundesligaspiele hast Du bislang gepfiffen?

Christian: Mit der gerade abgelaufenen Hallensaison (2017) komme ich auf 413 Bundesligaspiele, hinzu kommen einige Länderspiele sowie unzählige Spiele in der Regionalliga, in den unteren Ligen, im Jugendbereich oder aber auch zahlreiche Freundschaftsspiele. Als Schiedsrichter habe ich – abgesehen von zwei Freundschaftsturnieren in Eindhoven und Paris – nur einmal außerhalb Deutschlands gepfiffen: 2001 beim Big Apple Cup in New York – einem Einladungsturnier mit Mannschaften aus aller Welt, wo ich das Finale – in dem es immerhin um 5.000 US $ ging – pfeifen durfte. Das Turnier bleibt mir deshalb in Erinnerung, weil ich am 11.9.2001 aus New York wieder kam, wenige Stunden vor dem Angriff auf das World Trade Center, auf dem ich nicht einmal eine Woche vorher gestanden hatte. Manche Freunde haben noch heute die Postkarte mit dem World Trade Center zu Hause, die ich kurz vor der Abreise eingeworfen hatte.

Als technischer Offizieller bin ich dagegen weit rumgekommen. Besonders denke ich an Turniere in Malaysia und Singapur zurück. Vor allem die Olympischen Jugendspiele 2010 in Singapur waren vielleicht das schönste Turnier, bei dem ich je gewesen bin. Und dann gab es natürlich in der letzten Zeit die Olympischen Spiele in Rio de Janeiro – es ist einfach ein unfassbares Erlebnis und eine große Ehre, beim größten Sportereignis der Welt dabei zu sein. In diesem Jahr werde ich Technical Delegate beim WM   -   Qualifikationsturnier in Johannisburg sein.

---- . ----

Autor 7: Sicherlich gibt es hunderte Geschichten bei all Deinen Tätigkeiten. Woran denkst Du oft und gerne dabei zurück?

Christian: Sicher, in den Jahren hat man doch einiges erlebt. Ein aktuelleres Ereignis betrifft mein 400. Bundesligaspiel, das ich vor Jahren in Nürnberg leiten sollte.

Es fand allerdings nicht statt, weil die Fluggesellschaft die Hockeyausrüstung der Spieler des HTC Hamburg nicht mitbefördert hatte. So fuhr ich unverrichteter Dinge wieder nach Hause und habe dann zwei Wochen später in Hamburg mein 400. Spiel geleitet....... Immerhin brachte es die Geschichte in die BILD – Zeitung.

Autor 8:   Gab es auch unschöne Dinge, verrückte Geschichten, die die Leute interessieren dürften?

Christian: **In all den Jahren überwiegen die positiven Dinge bei weitem. Gleichwohl kann als Schiedsrichter in 413 Bundesligaspielen natürlich nicht fehlerfrei bleiben. Jede Fehlentscheidung ärgert einen selbst am meisten, gerade wenn sie Auswirkungen auf das Ergebnis haben kann. Das tolle an der Hockeyfamilie ist, dass der Ärger hierüber bei den betroffenen Mannschaften dann irgendwann doch wieder verflogen ist und man fast immer sehr fair miteinander umgeht. Am meisten geärgert habe ich mich in den ganzen Jahren vielleicht doch über einen Zeitungsartikel in der Neuss-Grevenbroicher-Zeitung vor etwa 10 Jahren.m An dem Novemberwochenende fiel plötzlich Schnee und es fielen alle Fußballspiele in den niedrigen Klassen aus, was zur Folge hatte, dass im Lokalteil besonders viel Platz für Hockey blieb . Der Reporter, der selbst nicht vor Ort war, hatte dann nichts besseres vor, als die Niederlage der Neusser allein an uns Schiedsrichtern festzumachen. Die Krönung war ein abgedrucktes Interview mit mir – ich hatte nur mit gar niemanden gesprochen.**

Autor: <u>Danke.</u>

Christian: **Gerne geschehen.**

(Nachtrag:)   **Jetzt wurdest Du als „Turnierleiter der Weltmeisterschaft", 2018, eingesetzt und damit richtig „geadelt".**   Herzlichen Glückwunsch aller Hockeyspieler.

----

11   Portrait: Joachim Schneider,   SG Rheinbach

Heute ist Joachim Schneider aus Rheinbach immer noch Spieler und Vorsitzender im Rheinbezirk des WHV. Alljährlich ruft er mehrmals zu Sitzungen auf und hält das Ruder fest in der Hand.

Seit 1992 war er Schiedsrichter für den WHV, für den insgesamt leitete. Am 18. Dez. 1999 leitete er sein erstes Bundesligaspiel, dem danach noch weitere 35 in allen Bundesligen – einschl. der 1. Herren – folgten. Mit dem Hockeyländerspiel der Damen Deutschland gegen Holland in Bad Neuenahr – Ahrweiler unter „Flutlicht", 2004, welches bei 550 Zuschauern mit 0:0 endete, wurde Joachim Schneider verabschiedet.

Der in der Schulleitung der Bonner Berufsschule tätige Dipl. Ing. hatte damals aus zeitlichen und familiären Gründen seine aktive Schiedsrichterlaufbahn beendet. Als CDU Magistratsmitglied in seiner Heimatstadt Rheinbach, im dortigen Kirchenvorstand und als Geschäftsführer des sozialen Vereins Carpe Diem ist seine Zeit sehr eingeschränkt. Aber bis heute ist Joachim Schneider immer noch dem Hockey , auch beim Bonner THV und auch als das „berühmte Mädchen für alles" in seinem Verein, SG Pallotti Rheinbach, sehr nützlich. Seine Ehefrau Jenny und Sohn Moritz (BTHV) sowie Tochter Anna – Katharina (BTHV) und zur Zeit in einer englischen Schulhockeymannschaft auch aktiv, spielen ebenfalls freudvoll Hockey und sind als Trainerinnen/Trainer für viele Kinder und Jugendliche Vorbilder. Alle haben auch in Holland, dem t.h.c. „Were di" Tilburg, in Belgien bei den DRAGONS in Brasschaat und beim mehrfachen französischen Meister Racing Club de Paris, die Hockeystöcke geschwungen.

SG   Pallotti Rheinbach in ihrer Sporthalle mit viermal   „Schneider".

----

12 Portrait: Hans – Werner Sartory, Crefelder HTC

Ein Denkmal ist H.W. Sartory im deutschen Hockeysport. Er hat sich unglaublich in dieser Sportart eingebracht und verdient gemacht. Wenn man als Nationalspieler oder Funktionär nach einer bestimmten Anzahl von Jahren es ruhiger angehen lässt ist man leicht vergessen. Hans – Werner Sartory hält unglaublich die große Hockeyfamilie zusammen und auf Trapp. Jeden Tag reist er umher, trifft Hockeyfreunde aus nah & fern, redet, flirtet, hilft überall und diese Tätigkeit, oft in Bildern auf Facebook festgehalten, verbindet ganz Hockeydeutschland. Fast täglich setzt er Akzente in diesem Medium und dadurch hält er die Hockeygemeinde stets auf aktuellen Stand. Mit glaubwürdigem Charme und einem reichen Vokabular hat er dem Hockey bis heute „gut-getan".

Ist mal´n Sonntag wettspielfrei

Und frei von aller Raserei,

Menschenkind, dann kannste schlafen

In den Sonntag – Wochenhafen.

Und dann wird es nie zu späte,

Immer noch mal umgedreht;

Abgedrosselt ist der Wecker,

Kein Gedränge, kein Gemecker,

Vorne klingelt´s nicht um achte,

Hinten geh´n se alle sachte,

Meckerstrippe schlummert jetzt,

Nicht „verlangt" und nicht „besetzt"

Wohlig ruhste in den Kissen,

Willst von nichts und niemand wissen.

13 Unser toller dreifacher -   „Goldschmid" Markus Weise

Dreimal „GOLD" in Athen, Peking und London, Dies einmal mit einem Damenteam und zweimal dem den Hockeyherren. Das ist so einmalig!!!!!!!!!!!!!!!

Das darf auch nie in einer schnelllebigen Zeit nicht vergessen werden.

Nun baut er mit dem Deutschen Fußball Bund (DFB) in Frankfurt am Main die neue Fußball – Akademie auf. Modernstes Wissen – neue Erkenntnisse, selbst die der Kampfpiloten, sollen helfen, immer neue Erkenntnisse in die Welt des Sports zu bringen. (Ein Ziel soll sein: Bessere Entscheidungen unter Zeitdruck). Meines Wissens hat Markus Weise dies schon mit den deutschen Hockeymannschaften gemacht.

Obwohl wir Markus Weise zu den „Goldfesten GOLD" immer wieder eingeladen hatten, wir bekamen immer Absagen. Er hat mal eine Begründung beigefügt in dem Sinne: „Ihr wollt mir ja etwas schenken", aus Bescheidenheit kam er nicht.

(PS: Wir wollten ihm tatsächlich beschenken,)

Herbert Breuer   der Autor   „Goldschmid Markus Weise"

Kreissparkasse Ahrweiler   Organisation   Bundestrainer Herren und Damen

----

14 Fahrendes Elternvolk,   morgens um 7 Uhr......

Seit drei unserer Kinder in verschiedenen BTHV – Mannschaften den Hockeyschläger schwingen, ist unsere Wochenendwelt in Ordnung. Garantiert kein faules Gammeln am Sonntagmorgen mit ausgiebigen Frühstück um zehn – statt dessen Treffen beim Club um 8 Uhr mit bekannten Vorprogramm („Wo sind meine Stutzen?",   „Hast Du mein lila Hemd gesehen?",   „Herrje, meine Schuhe!" „Wieso Dein Rock, das ist MEIN Rock",   „Wo steht denn das Auto?") - letzteres von meinem Mann, der mal wieder den Fahrdienst macht – verschlafen, versteht sich!"

Vorbei die Qual der Wahl – gehen wir schwimmen, fahren wir zur Oma, besuchen wir Freunde oder machen nur „in Familie" ----------ein Blick auf den Hockeykalender, und wir sind aller Sorgen los, fast alle jedenfalls, denn wer fährt mit nach Leverkusen und wer mit nach Düsseldorf?

Naja, Hockeyplätze sind allemal grün und unterscheiden sich nur durch den Grad ihrer Beheizung, („Hast du´s es lieber kalt, fahr nach Leverkusen – Grippe vorprogrammiert") oder ihre Ökonomie (vorhanden/nicht vorhanden??) Lang gediente Fahrdienstlerinnen picken sich aus dem großen Fahrkuchen gescheiter-weise die (Café-Rosinen) heraus. Für andere spielt die Entfernung die ausschlaggebende Rolle – wenn man zu Nervenschwäche neigt, eine durchaus vernünftige Entscheidung: Taubheit, die durch den Krach begeisternde Hockeyspieler (und innen) im Auto verursacht wurde, gehört zu den bekanntesten Berufskrankheiten fahrender Eltern. Andere lieben es lieber kniffelig – die Übertragung der ausgehändigten Kartenskizze mobilisiert in uns die schlummernden, detektivischen Fähigkeiten (Ausfahrt Neuss–Zentrum oder Neuss-West, erste oder zweite Ausfahrt rechts, nein!, links, Quatsch! Rechts!)

Ob man links, ob rechts, man kommt an. Zu spät? Selten, die Torwartausrüstung kann man im Notfall im Auto angelegt werden.

Trost für Fahrneulinge: Im zweiten „Dienstjahr" findest Du auf Anhieb die Hockeyhalle in Bad Neuenahr dort, wo sie steht – nämlich in Bachem. Und wenn man dann im Alter von 18 Jahren (des Hockeyspielers) um die Kosten eines Führerschein ärmer in den wohlverdienten Ruhestand treten kann, hat man auch gewiss die Kalkulation von flüssiger und fester Nahrung längst im Griff.

Die Kilometerleistung unserer Autos erfuhr seit Anbruch des Hockeyzeitalters eine enorme Steigerung, die Kenntnis unserer näherer und weiterer Heimat ebenfalls. Und wer da meint, Hockey – Fahrdienst trage nicht zur Erweiterung des allgemeinen Horizontes bei, der irrt. Ich bin jetzt – auch ohne aktive Hockey-Vergangenheit – imstande, Schiedsrichter als das zu erkennen, was sie sind; befangen, ungerecht, ungerecht, schnöselig oder blind und nie in der Lage, es allen gerecht zu machen. Na ja, manchmal haben die auch einen guten Tag, oder?

Mitgebrachte Besucher erweisen sich hingegen weniger als Beflügelung des Geistes denn als lästiges Gepäckstück, zu verführerisch die Gesprächen mit Leidensgefährten am Spielfeldrand (Hatten Sie auch solche Schwierigkeiten, die Halle zu finden?), und nur Strickprofis vollenden einen Pulloverrücken nebst linkem Ärmel während eines Sechs-Stunden-Turniers, weniger Versierte geraten zwischen Anfragen („Wann haben wir das nächste Spiel?") und heißen Debatten über den Spielverlauf ein paar entscheidende Maschen ins Abseits.

Wer nun glaubt, die Überschrift im Text sei ironisch gemeint, der irrt (schon wieder)! Morgens um sieben Uhr für begeistert hockeyspielende Kinder in Ordnung, und, was noch wichtiger ist, abends um acht Uhr ist die immer noch in Ordnung. Ich habe meine Kinder in Prä-Hockey-Zeiten an Wochenende wohl müde, aber NIE gelangweilt und mürrisch zurückkehren sehen. Jedes Turnier bzw. Spiel ist ein Erlebnis für unsere Kinder. Also warum unterstützen wir Eltern, die wir doch einvernehmlich nur das Beste für unseren Nachwuchs wünschen, diese geliebten Aktivitäten auf dem Hockeyplatz nicht (noch?) intensiver durch Aktivitäten am Rande, selbst wenn dann für manchen von uns Erwachsenen „die Welt um sieben" noch nicht ganz in Ordnung ist ????!!!

erlebt – geschrieben Renate Lehmann-Richter.

Anna-Katharina (BTHV)   und   Julia (HTC Schwarz – Weiß Neuss)   in Bonn

----

15   Beileidskarten für Hockeyaktive bei einem Spiel, welches verloren wurde.

> Die Schilderung Ihres Hockeymatches
> hat uns zutiefst erschüttert.
> Noch nie zuvor haben wir von einem
> derartigen Missgeschick
> bei einem Hockeyspiel gehört.
>
> Bitte nehmen Sie den Ausdruck
> unseres tiefsten Mitgefühls entgegen.
>
> 15/04/2015

Mit freundlicher Empfehlung

Turnierleitung HTC Bad Neuenahr

Früher wurden von vielen Turnierteilnehmern immer schlimm gestöhnt, wenn sie ein Spiel verloren hatten. Nach dem Überreichen einer solchen Beileidskarte ging es vielen Teilnehmern sofort besser.

----

16 Hockeyspielende Prominente:

„Kate"   (Englisches Königshaus)

Alfred Herrhausen (Ehemaliger Arbeitgeberpräsident)

Axel Hacker   (Schriftsteller)

Anna Moffo   (Ital. Opernstar)

Manfred von Richthofen (ehemaliger) Präsident DOSB)

Michael Schanze   (Showmaster)

Wim Thoelke   (Showmaster)

Dr. Henning Voscherau (Erster Bürgermeister Hamburg)

Matthias Wissmann (Ehe. Bundesminister Verkehr)

Holländischer Reg.Chef (N.N.)

Dr. Michael Krause – Goldtor 1972 / OB Erwin (Ddf) / Ingolf Rayermann (DHC)

17 HoTeGo   (Hockey-Tennis-Golf) 25. Jubiläum beim CHTC

25. HoTeGo Jubiläumsturnier im CHTC

Ende Juli hatte der CHTC die große Freude das 25. HoTeGo Jubiläumsturnier bei herrlichem Wetter auf seinen Anlagen austragen zu dürfen. 1991 von Erno Mahler in Bad Neuenahr aus der Taufe gehoben und damals von Hans Dietrich Genscher geführten Innenministerium als offizielle German Open des Triathlon der kleinen Bälle geadelt, kamen auch in diesem Jahr die 8 Teams in Krefeld zusammen, um ihren Meister 2017 zu ermitteln.Herr hausen

Wie in den Vorjahren waren angetreten von Nord nach Süd die Hamburger Teams, Stichlinge aus Grossflottbeck und die Pigeons aus dem Sachsenwald, die Pitschers aus Essen, das Triple Talent Team aus Düsseldorf, die Knögels vom CHTC, die Bully Bären aus Köln, die Schwabenpfeile aus Stuttgart sowie die Wolpertinger Dabblers aus München. Klar steht nach so vielen Jahren der sportlichen Kameradschaft das Wiedersehen mit den Freunden ganz oben auf der Liste, aber angesichts der vielen erstklassigen Teilnehmer verwundert es vermutlich keinen, dass der sportliche Ehrgeiz weiterhin mindestens „ausreichend" vorhanden ist. Es ging hoch her und es wurde das knappste Turnier der letzten Dekade, da bis zum Hockeyendspiel noch 3 Teams den Sieg erringen konnten.

Der letztjährige Sieger Wolpertinger Dabblers legte auf der wunderschönen Anlage des Krefelder Golfclubs in Linn furios los und düpierte mit seinen 5 flights und 206 Stabelfort Punkten die gesamte Konkurrenz. Chapeau nach München. Die Tenniswertung, bei der zwei Doppel gespielt werden, ging souverän an das Triple Talent Team aus Düsseldorf, die damit voll im Titelrennen lagen. Doch zum Schluss reichte es nicht zum Sieg, denn im Hockey lief es in diesem Jahr nicht so gut wie sonst. Hier hatten erwartungsgemäß die Schwabenpfeile das Endspiel erreicht und gestalteten ein hochklassiges Endspiel gegen die Kölner Bully Bären.

Doch leider vergaß man bei drückender Überlegenheit ein Tor zu schießen, so dass es kam wie es kommen musste. Man verlor das Sieben-Meter Schießen gegen die Bully Bären, die damit nicht nur die Hockeywertung gewannen, sondern auch das gesamte HoTeGo 2017.

Konstant in den drei Sportarten und Hockey gewinnen war schon immer ein Garant für den HoTeGo Sieg. Die Bully Bären haben das erneut beherzigt und sich durch den Gewinn des Jubiläumsturnier 2017 bei nun 6 Gesamtsiegen an die Spitze der ewigen Rangliste gesetzt. Als bester Torhüter wurde xxxx von den xxxx ausgezeichnet. Als bester Hockeyspieler wurde xxxx von den xxxx gekürt, der am Sonntag 3 Tore erzielen konnte.

Die vom Turniergründer Erno Mahler gestifteten Sonderpreise gingen an die Bully Bären, den Ausrichter CHTC und an den neuen Träger der Roten Laterne. Wer das war verraten wir natürlich nicht, nur soviel – sie ging nicht in den Süden.Das HoTeGo 2017 ist nun Geschichte. Es hat großen Spaß gemacht und hat erneut gezeigt die Legende ist sehr lebendig. Die Teams freuen sich schon auf die Neuauflage 2018, die in München bei den Wolpertinger Dabblers stattfindet. Die Knögels haben den vierten Platz gemacht. Das ziemt sich für die Gastgeber Rolle, bei der man durch gute Organisation glänzen darf aber tunlichst nicht das Turnier gewinnen sollte.

Beides wurde hervorragend erreicht. Orchestriert vom Mannschaftsführer Tim Wiegmann haben die Knögels ein Top Turnier auf die Beine gestellt, bei dem auch ein umfangreiches der 25jährigen Hotego Geschichte gewidmetes Programmheft entstanden ist. Die lange Geschichte der Knögels wurde durch die Anwesenheit der ersten Knögelsgeneration aus den 80er Jahren besonders deutlich, die am Sonntag zahlreich auf der Hockeyanlage waren. Getragen wurde das Turnier von einer Reihe namhafter Sponsoren, bei denen sich die Knögels erneut ganz herzlich bedanken dürfen.

- Axel Zoeller   CHTC-

Autor   Axel Zoeller CHTC   Männi Maintzer, Bully Bären

Interview zu 25 Jahre   HoTeGo

(Axel Zoeller GHTC HoTeGo -   befragt Erno Mahler HTC BN)

HoTeGo: Als wir uns gemeldet haben, warst du sofort begeistert mitzuhelfen, zum 25. Jubiläum des HoTeGos die Geschichte zu erzählen und uns insbesondere bei deinem HTC in Bad Neuenahr einzuweihen. Also, wie kam es zu HoTeGo 1991? War das deine Idee oder waren auch andere am Werke? War das HoTeGo schon lange angedacht und geplant oder eine Idee, die einem bei einem guten Schoppen nachts am Tresen spontan entschieden wurde?

Erno: Es war tatsächlich meine Idee, schon ein Jahr vorher hatte ich das vorgehabt. Mein HTC – Vorstand hatte mich aber zurückgepfiffen. Sollte erst die Finanzen prüfen. Es hatten sich schon zwei holländische Mannschaften und viele deutsche Teams. Das war mir damals sehr peinlich. Im nächsten Jahr hat es dann geklappt.

Wie kam es zu der Idee? Ich hatte schon verschiedene internationale Turniere, zwei Europameisterschaften und sechs Rotweinturniere organisiert. Da mussten jeweils 64 Mannschaften verplant werden, hatten doch beim Hockeyfest im Steigenberger Kurhaus 1.200 Hockeyspieler bis morgens um 5 Uhr durchgehalten und prächtig gefeiert. Da war ein Turnier mit 8 Teams doch wenig an Arbeitsaufwand. Aufgrund der vielen Jahre als Hockeymann hatte man ein Netzwerk aufgebaut. Hockey und Tennis waren für mich die Welt und Golf lockte mich auch, damit war HoTeGo geboren.

-.-

HoTeGo: Wenn Du heute an das erste Turnier 1991 zurück denkst, was waren für Dich die High Lights des Turniers und was hättest du/ihr anders gemacht?

Erno: Denke, die Vorbereitung lief wie am Schnürchen, die hiesigen Bürger staunten über so ein

Turnier, ich bekam auch für die Idee viel Lob und was noch wichtiger war, bei meiner Bettelei für anzeigen bekam ich kaum Absagen, alle wollten dabei sein. Geldsorgen hatte ich eigentlich überhaupt keine, mir wurde es leicht gemacht. 100 Dreiliterflaschen Sekt bekam ich für das Turnier geschenkt, ein Börsenverein wollte dabei sein, was meine Frau nicht so gerne sah, usw. usw. Viel Freude hatte ich an einigen „jecken Ideen". Ich konnte eine Jazzband verpflichten, was ich ansonsten doch weniger getan hätte. Hebe den Außenminister angeschrieben und mit ihm telefoniert, hätte das kaum in meinem normalen Beruf gekonnt. Ob Innenminister, Landrat, Bürgermeister, Kurdirektor, Geschäftsleute, es machte Spaß, solche Dinge mit denen zu tun; einfach kreativ sein. Und dann waren die „German Open" ein gelungenes Turnier geworden. Nur mit „Erste-Sahne-Menschen". Sie waren bescheiden und so dankbar und alle strahlten um die Wette. Es war alles ein runder Wurf gewesen.

-.-

HoTeGo: Was war die größte Herausforderung das Turnier auf die Beine zu stellen? Wir haben nach 25 Turnieren so langsam Erfahrung was da alles gemacht werden muss, aber ihr musstet alles neu denken?

Erno: Es sollte eine internationale „GERMAN OPEN" werden, mit holländischen und belgischen Mannschaften.Das hat nicht ganz geklappt. Peinlich war für mich immer der Gedanke, ob der sandige Hockeyplatz nicht Ärger bringen könnte. Ein wenig schämte ich mich, weil wir keinen guten Platz dafür hätten. Hatte jahrelang mit unserem HTC und der Stadt für einen Rasenplatz (Gras) gekämpft. Aber unsere Gäste waren einfach voller Verständnis und zeigten dies auch Den ganzen Tag – und auch in der Nacht – überlegte ich, wie können wir unsere Gäste „glücklich" machen, Das war der Antrieb.

-.-

HoTeGo: Mal eine ganz banale Frage, wie war eigentlich das Wetter 1991, Sonnenschein oder hat es geregnet, ich meine so ein richtiges Hamburger Schiet-Wetter?

Erno: Petrus oder der liebe Gott müssen HoTeGo – Freunde sein. Drei Tage Sonnenschein und Wärme.

-.-

HoTeGo: In dem Luftbild des HTC Bad Neuenahr zu sehen. Sah die Anlage 1991 so aus oder stammt das Bild aus einer späteren Zeit?

Erno: Unsere Anlage – so sagen viele Tennisspieler - ist die schönste im Lande. 14 tiefliegende und einzeln abgetrennte Plätze gibt es sonst in Deutschland nirgendwo. Die Plätze wurden 1926 gebaut, erst 6, später mehr. Beim ersten HoTeGo hätten wir auf allen 14 Plätzen spielen können, was aber nicht nötig war. Hier Platz 1 in unserem Lennépark.

—--- . ----

HoTeGo: War der GERMAN OPEN TELLER für den Sieger bestimmt und ist mit nach Düsseldorf gereist oder hängt er heute noch zur Erinnerung beim HTC Bad Neuenahr oder vielleicht doch bei dir zu Hause?

Erno: So einen HoTeGo – Teller bekam jede einzelne Mannschaft als unsere Erinnerungsgabe. Bin mir nicht sicher, ob nicht jeder einzelne Teilnehmer noch einen kleinen Zinnteller als Mitbringsel dazu bekam. Bei den Rotweinturnieren bekam damals jede Mannschaft einen großen Teller, ca. 28 cm, mit Motiv und jeder einzelne Spieler/in dazu einen kleinen Teller mit ca. 10 cm Durchmesser. Da war das Startgeld schon bei weitem verbraucht. Ich wollte nie Gewinn machen bei unseren Turnieren. Denke auch: In meinem privaten Büro hängt noch so ein Erinnerungsteller. Auch mein Bruder Mario wird noch einen für seine Mitarbeit in seiner Kellerbar hängen haben.

---- . ----

HoTeGo: Der Nachbericht in der lokalen Zeitung spricht von einem glanzvollen Festival bei dem das Düsseldorfer TTT Team in überraschender Weise vor dem favorisierten Bully Bären aus Köln siegte. Warum waren die Bully Bären damals die Favoriten?

Erno: Die Olympiasieger von 1972 hatten es uns allen angetan. Auch wenn Dr. Michael Krause jetzt in Dortmund wohnt, er war ja damals zuerst bei Schwarz Weiß Kölle.

---- . ----

HoTeGo: Eduard Thelen berichtet in seiner Rückschau von Hockeyspielen auf Aschenplätzen. Wie kam es dazu, dass schon eine Woche nach dem Turnier die Stadt die Mittel für euren Kunstrasenplatz freigegeben hat?

Erno: Der famose Düsseldorfer Ingolf Rayermann vom TTT Team hat das mit einer mutigen, witzigen, klugen und sehr überzeugender Rede ganz alleine geschafft.Er hatte dem Schirmherr, de, hiesigen Bürgermeister Rudolf Weltken gesagt, wie schön und sauber Bad Neuenahr sei. Er hätte in der Stadt, auf allen drei Sportanlagen, keinen Papierschnippel, keinen Unrat gesehen, „Herr Bürgermeister, so sauber ist ihre Stadt. Aber aber meisten haben wir bemerkt, auf dem Hockeyplatz

haben wir keinen einzigen Grashalm gesehen". Und da unser Bürgermeister schon ein schlagfertiger Mann war und er zurück schoss; „Was meinen sie damit?" - da riefen alle HoTeGo – Leute: „Bad Neuenahr braucht einen Rasenplatz!" Und da zufälligerweise am nächsten Montagabend Stadtratssitzung war und und unser Bürgermeister auch „sehr stark" war, wurde der Kunstrasenplatz ! An diesem Abend beschlossen; nach 20 Jahren Kampf. Dank Ingolf Rayermann!

---- . -----

HoTeGo: Du hast eine Reihe von Fotos geschickt auf dem Du mit Michael Stich, dem Hockeybundestrainer Markus Weise oder auch der Hockeynationalmannschaft beim Goldfest 2009 in Bad Neuenahr zu sehen bist. Wie kam es zu diesem Begegnungen, darf man Dich als großen Sportenthusiasten bezeichnen mit einem Faible für Veranstaltungen?

Erno: Ja, ich habe gerne Turniere für meinen HTC, meine Mannschaftskameraden/die Jugendmannschaften und für meine Vaterstadt Bad Neuenahr organisiert. Wenn man einmal ein großes Netzwerk nach vielen Jahren geschaffen hat, ist es in einer Kleinstadt viel leichter aufzubauen als in einer Großstadt. Bundeskanzler, Bundesminister, Regierungspräsidenten, sie haben uns mit ihren Besuchen, ihren Grußworten, ihren von ihnen gestifteten Pokalen und Ehrengaben sehr geholfen. 'Wir konnten über 20 Nationen im Hockey bei uns begrüßen. Ob Argentinien, Belgien, Chile, China etc., manche Teams waren 4 Wochen vor olympischen Spielen bei uns im Trainingslager. So konnte ich mehrmals bei diesen Lehrgängen Markus Weise und vielen anderen Nationaltrainer hier begrüßen. Wir wollten und konnten dem DHB und dem DTB dienen. Als 'Tennisspieler bin ich auch ein wenig rumgekommen. Das war früher relativ einfach bei den Bayrischen Meisterschaften erst in Unterhaching und später bei Iphitus München zu spielen.

---- , -----

HoTeGo: „Je oller, je doller" ist ja ein Spruch, bei dem wie üblich auch ein Funken Wahrheit liegt. Bei all der Klasse die auf dem Platz antritt, haben wir es in all den Jahren geschafft den positiven sportlichen Ehrgeiz und das Miteinander auszugleichen. Was macht für dich das HoTeGo aus, du hast das Turnier ja immer wieder besucht und begleitet?

Erno: Ich sehe HoTeGo – Leute in der Regel als „Erste-Sahne-Leute". Sie sind gemäß Statuten etwas älter, haben in der Regel einen Beruf und möglicherweise etwas erreicht. Sie tragen Verantwortung für sich, ihre Familien und die Gesellschaft. Innerlich bleiben sie jung, eben weil sie HoTeGo – Leute sind. Der Ehrgeiz liegt wohl in ihnen drin, sonst hätten sie ja nichts erreicht. So treffen sie sich alljährlich zu den GERMAN OPEN als Gleichgesinnte, den Ehrgeiz in vernünftige Bahnen gelenkt, und treiben ihren Sport: Sport ist ja „Arbeit im Gewande jugendlicher Freude"! Das ist ja für uns jede Mühe wert.

---- , ----

HoTeGo: Erno, was bewegt dich, wenn du daran denkst, dass das HoTeGo heuer seine 25igste Auflage erlebt? Schwingt da auch ein wenig berechtigter Stolz mit etwas losgetreten zu haben, was sich nun im dritten Jahrzehnt seiner Geschichte befindet und weiterhin sehr lebendig daherkommt?

Erno: Ich freue mich sehr, dass nun zum 25 mal die HoTeGo Familie zusammenkommt um zu feiern, alte Freundschaften zu pflegen und den Wettkampf des Triathlon der kleinen Bälle sportlich – aber insbesondere fair - auszutragen. Die Idee kann nicht so schlecht gewesen sein, wenn sie nun schon 25 Jahre durch 8 deutsche Städte reist.

HoTeGo: Das sehen wir auch so! Wir danken dir ganz herzlich dafür das HoTeGo 1991 initiiert zu haben, die viele Arbeit nicht gescheut zu haben und natürlich auch Dank für das Interview und das Bereitstellen von Bildern.

Axel Zoeller (CHTC)   ---- , -----

18   Grußworte der drei Präsidenten von Hockey – Tennis – Golf

Grußwort

Mit der Durchführung des Golf-, Hockey- und Tennis-Festivals unternimmt der HTC Bad Neuenahr einen interessanten Versuch, der golf- und tennisspielende Hockeyspielerinnen und Hockeyspieler aus dem In- und Ausland zusammenführen soll.

Ich begrüße die Initiative des HTC Bad Neuenahr, da sie die Gewähr dafür bietet, daß sich Hockeyspielerinnen und Hockeyspieler befreit vom absoluten Leistungsdenken zu freundschaftlichen Begegnungen treffen, bei denen der harmonische Charakter im Vordergrund stehen wird.

Es handelt sich bei diesem Golf-, Hockey- und Tennis-Festival ohne Zweifel um einen Versuch, aber ich könnte mir denken, daß diese Veranstaltung in der Zukunft zu einer ständigen Einrichtung in Bad Neuenahr wird.

Ich wünsche allen Teilnehmerinnen und Teilnehmern des Festivals faire und interessante Begegnungen und schöne Tage in Bad Neuenahr.

Dem HTC Bad Neuenahr wünsche ich bei der Ausrichtung der Veranstaltung viel Erfolg!

Wolfgang P. R. Rommel
Präsident
Deutscher Hockey-Bund

Grußwort

Der Tennisclub Bad Neuenahr hat sich in den vergangenen Jahren ...ng von bedeutenden Seniorenturnieren einen Namen gemacht. ...ochen haben hier die 38. Nationalen Deutschen Tennismei... niorinnen und Senioren stattgefunden.

...g ...et, so fügt er damit etwas der drei Sportarten Golf, Hockey ...g besitzt. Aus dem Hockeysport sind seit langem eine ...gegangen - das Golfspiel ist für zahlreiche Tennisspieler sehr viele gute Tennisspieler rem Sport und zuweilen auch Einsteige-Sportart nach Beendigung der aktiven Laufbahn. Ergänzung zu ih-

Ich wünsche Ihnen bei der Durchführung dieser Veranstaltung eine glückliche Hand und den Teilnehmern recht viel Erfolg.

Dr. Claus Stauder
Präsident
Deutscher Tennis Bund

Grußwort

Der Golfsport wird wie kaum eine andere Sportart heute von engagierten Tennis- und Hockeyspielern als sportliche Alternative und Ergänzung gewählt.

Es freut den Deutschen Golf Verband daher besonders, daß im Bad Neuenahrer Golf-Hockey-Tennis Turnier die Verbundenheit dieser Sportarten, auch als Mannschaftssport, zum Ausdruck kommt.

Den Teilnehmern und Organisatoren wünsche ich einen gelungenen und harmonischen Turnierverlauf.

Jan Brügelmann
Präsident
Deutscher Golf Verband

19   aus „Facebook"

Gekonnte technische Fertigkeiten haben die Kraft, Hockey mit diesen Impulsen zu verändern. Auf Facebbo gezeigte Zusammenschnitte von brillanten Hockeykunststücken mit geluppten Bällen durch die gegnerische Abwehr ließen nicht lange auf Reaktionen warten. Der früher als bester Spieler der Welt gerühmte Stefan Blöcher zeigte sich genauso überrascht wie andere Sportler aus den Bereichen Tennis, Ski, Fussball und anderen Sportarten. Alle bemerkten, wie Hockey an Attraktivität gewonnen hat. Unzählige Likes und das POSTEN dieses Videos zeigt, wie sehr sich Hockey positiv verändert hat. Ein kleiner Zauber, quasi!

----

20 Warum Hockey uns auch gefällt.............

Julie will nach hinten. Jule soll vorne bleiben.Sie ist nämlich schnell, die Jule. Eben – darum ist sie auch im Sturm so gut. Aber sie spielt doch heute im Sturm! Sie will Vorstopper werden, das ist das Problem. Ja, genau, sie ist immer so kaputt nach dem Spiel und deshalb will sie lieber hinten spielen. Weil man hinten nicht so viel rennen muss. Blos weil sie nicht mehr so viel Lust hat. Hat sie doch! Warum will sie denn nach hinten, wo sie vorne doch so gut ist. Also ich finde, Luisa soll ruhig wieder in die Verteidigung, so toll war es im Sturm auch wieder nicht. Luisa ist als Vorstopperin genau die Richtige.

An so einem Spätsommertag haben Argumente um Mannschaftspositionen irgendwie fast kein Gewicht. Blickt man von der anderen Seite des Spielfeldes zu den Mädchen hinüber, die sich ihrer Trainingsanzüge entledigen, vernimmt man nur das Geschwirr ihrer Stimmen, die dem sonnendunstigen Septembernachmittag

jeglichen Anflug von Melancholie nehmen. Anoraks, Jacken, Plastickrucksäcke,Hockeyschläger, Futterale bedecken nach und nach die weiße Bank und den noch immer satten-grünen Erdwall dahinter, die die Klubanlage begrenzt.

Bald sind sie alle auf dem Kunstrasen mit dem stichigen Chemiegrün über dem nun eine konzentrierte Stille liegt, unterbrochen von Rufen und dem Klacken der Hartplastikbälle, die sie sich paarweise zuspielen. Vor dem Spiel gegen den Harvestehuder THC ist für die A – Mädchen (das sind die Dreizehn- bis Sechszehnjährige) von Klipper Hamburg noch eine halbe Stunde angesetzt.

Malte, ihr Trainer, ist noch so jung, das er in ein paar Jahren als Freund kaum in Frage käme, doch bei der Mannschaftsbesprechung hat der Achtzehnjährige absolute Autorität. Durch das Geräusch von Rasensprengern, das Rascheln der über den Boden kreisenden Blätter trägt der Wind seine Anweisungen „laufen – hinlangen – abgeben".

Sie hören zu, im Stehen, oder in der Hocke sitzend, auf ihre Schläger gestützt, nicken, schieben die Schienbeinschützer unter den blauen Stutzen zurecht. Der konzentrierte Ernst auf ihren Gesichtern lässt sie zugleich jünger und älter aussehen.

„Es ist übrigens auch durchaus angezeigt, mal auf das Tor zu schnitzen" sagt der Trainer und meint damit, den Ball halbhoch und leicht angeschnitten auf das gegnerische Tor zu schießen. „Ja-aa". Wissen sie doch. „Ihr habt es aber im letzten Spiel nicht gemacht". Für diese leicht ätzende Erinnerung an ihre Unvollkommenheit erntet er ein von Eingeständnis und angekratztem Stolz in die Länge gezogenes „Daaaanke". „Wo soll ich denn bei der Ecke stehen"? Fragt Anna-Katharina mit einem Ausdruck überdrüssiger Lässigkeit. Die ist nur gespielt. Die ist nur gespielt, denn Anna-Katharina ist manchmal Stürmerin und hat es bis in die Spitze einer englischen Schulmannschaft gebracht. Nachher wird sie eine ebenso dynamische wie elegante Aktion mit dem Tor zum Eins-zu-Null-Sieg abschließen. „Mimi geht ins Eck. Luisa spielt Putzer". Diese Einteilung erzeugt Strahlen auf Johannas Gesicht. Sie steht im Tor und wird nun Mimi, die eigentlich Emilia heißt, und Luisa das ganze Spiel hindurch vor sich haben. Emilia ist ihre Schwester, Luisa ihre beste Freundin und in der gerade bei Johanna aufwallenden Freude übe die Mannschaftsaufstellung offenbart sich, was das Damenhockey hierzulande im Innersten zusammenhält: der soziale Bezug. Man ist miteinander verwandt, man ist befreundet.

Inzwischen sind die weißen Bänke längst die Spielfeldrandes kaum mehr zu sehen, weil immer mehr Eltern davorstehen. „Es ist familiär, das ist das Schöne". Die Eltern sind dabei, sehen zu und trinken zusammen Kaffee", sagt die Mutter von Johanna und Emilia. Man ist unter sich, mehr oder weniger.

Der Ehrgeiz des Clubs und das familiäre Geflecht lassen indessen kaum ein Talent unentdeckt bleiben. Und wenn sie erst einmal Hockey spielen, dann bleiben sie dabei. Der drop-out zu anderen Sportarten ist bei uns sehr gering, sagt der frühere Damen – Bundestrainer Rüdiger Hänel.

Wenn ich wirklich gut würde, dann würde ich schon weitermachen. Emilia steigt im nächsten Jahr von den A – Mädchen in den Kader der weibliche Jugend auf."Dann komme ich in eine andere Mannschaft, und diese Mannschaft in der ich gerade bin, ist gerade toll. Das ist überhaupt das Besondere am Hockey, in einer Mannschaft zu sein, die zusammen hält. Wo ich im nächsten Jahr spielen muss, da sind alle so gut, und wenn man dann immer nur die kleine Schlechte ist................ Verlustängste, erste Rücktrittsgedanken.

Für viele Mädchen hat der Hockeyschläger die gleiche Bedeutung wie Ballettschuhe oder die Achtelgeige, ein Instrument für die heranwachsende Persönlichkeit auf ihren Weg in die gesellschaftliche Einordnung. Emilias zwei Jahre jüngere Schwester allerdingst hat die Geigenstunden sausen lassen. Sie geht im Hockey auf.

„Warum ist sie heute bloß so zaghaft", seufzt eine Mutter, als der der Gegenangriff der Klipper über die linke Seite ins Stocken gerät." „Nun schieß doch!" Maike funkt dazwischen und erobert den Ball, Das spannende Spiel geht in die Endphase. „Und liebe Grüße auch an Daggi!" Bei der zu Grüßenden handelt es sich um die Mutter von Emilia und Johanna, auf deren Gesicht sich dieselbe Veränderung zeigt wie auf den Gesichtern der übrigen Mütter, die inzwischen hoffen, dass ihre Mädchen den Eins-zu-Null-Vorsprung halten. Es ist ein Zug,der immer klarer hervorgetreten ist. Hingabe ist darin, Anspannung, Begeisterung und ein vor dem Hintergrund eines Hockeyspiels seltsamer Ernst. Und während sie die Bemühungen ihrer Tochter verfolgen, finden längst vergessene Spiele und Situationen in ihren Nervenzellen noch einmal statt.Davon wissen sie nichts. Dann sind die zweimal 30 Minuten Spielzeit um. Ganz kurz steht die Zeit still, so dass das Septemberlicht und die Schatten der Bäume der Bäume auf dem Spielfeld überdeutlich werden. Noch Gefangen von der Erregung des Spiels, sind **die Gesichter der Frauen verjüngt, die der Mädchen gereift. Und wie die Mütter und die Töchter aufeinander zugehen, sehen sie für einen kurzen Augenblick beinahe gleich alt aus.**

(Hatte diesen Bericht einmal in der Wochenausgabe der Frankfurter Rundschau entdeckt.)

21   Hockeysprüche auf T – Shirts:

Ein Leben ohne Feldhockey spielen

   ist möglich, aber sinnlos.

Zum Hockey geboren -

zur Schule gezwungen.

Ich würde mich gerne mit ihnen intellektuell duellieren,

aber ich sehe, sie sind unbewaffnet.

Ja, ich habe auch Gefühle!

Ich möchte zum Hockey!

Prinzessin – clever getarnt -

als Hockeyspielerin.

Niemand ist perfekt, aber als Hockey-

Spieler ist man nah dran.

Dieses Mädchen liebt Hockey.

Essen, Schlafen, Hockey.

= wiederholen!

Hockey – what else?

Hockey is my religion.

The coolest girls around Hockey.

KEEP CALM AND PLAY HOCKEY

Manche Leute schreiben Liebe mit 6 Buchstaben: „Hockey"

Begrüßungssprüche vor dem Spiel!   Laut und mit Überzeugung rufen! 3x

Einer: Es gibt noch viel zu tun.	Alle: Packen wir es an.
Einer: Clubname:	Alle: Go – Go – Go
Einer: Unsere Ponys fressen gerne	Alle: Heu - Heu - Heu
Einer: Vereinsname	Alle: Wau - Wau - Wau
Einer: Aachener Printen sind	Alle: hart - hart - hart
Einer: Zicke zacke, Zicke zacke	Alle: Heu - Heu - Heu
Einer: Es gibt nur ein Gas	Alle: Vollgas
Einer: Wir begrüßen euch und die Schiris...	Alle: Hipp - Hipp - Hipp - Hurra
Einer: Hundehütte - Hundehütte	Alle: Wau - Wau - Wau
Einer: Hipp - Hipp	Alle: Hurra

Weihnachtskalender des Westdeutschen Hockey – Verbandes.

22 Sprüche – Gedanken.   (Gesammelt von Hockeyfreund/innen.)

Warum ist Hockey schöner als Golf?

…...weil man beim Golf nur Feinde hat, einschließlich seiner selbst.

Beim Hockey hat man zwar auch Feinde, aber nur elf -

man hat allerdings auch zehn Freunde.

Man erkennt beim Golf erst, wie schön Hockey ist.

Auf dem Fair sind die Hockeyspieler nicht die besseren Golfspieler,

aber am 19. Loch haben sie bei weitem die bessere Kondition.

Aus dem Programmheft der Deutschen Hochschulmeisterschaft:

Fortes fortuna adjuvat

Die Tapferen fördert das Glück. (Terenz)

Mens agitatmolom

Der Geist bewegt die Materie (Vergil)

Hic rhodus – hic salta

Hier in Rhodus springe und zeige Leistung. (Ysops Fabeln)

Knüppelt doch nicht so!

Wir brauchen kein Kleinholz,

wir heizen mit Öl.   (Jan)

Finis coronat opus

Das Werk ist vollbracht.

----

23 Schmale Hüfte, diese Freizügigkeit und Schamlosigkeit durch

drei ca. 32jährige Hockeyspieler des HC Villingen – Schwetzingen.

(Gisela schrie wie am Spieß!)

Es war etwas Faszinierendes an ihren Persönlichkeiten. Ihre schmalen jungen Taillen ersetzte das erwartete erotische Image in eine schlüpfrige Welt. Die Atmung aller Betrachter ließ ihre Atmung schwerer werden. Es war wirklich eine Intimität beim Hockeyfest der „Senioren" – ab 32 Jahren, der „Alten Herren" ab 40 Jahren und der eingeladenen „Veteranen" ab 50 Jahren. Die Weiblichkeit bei dem „Rotweinturnier" zählte von 18 Jahren bis 80 Jahren und den Mädchen vom „2. Plück".

Anl. des „Heiteren Seniorenturniers", auch „Rotweinturnier" genannt, mussten alle 64 Mannschaften bei ihrer Anmeldung auch einen ca. 5minütigen Bühnenvortrag anbieten, ansonsten konnte ihr Anmeldung nicht angenommen werden. Danach wurden von den 64 Vorschlägen 32 Bühnenauftritte festgelegt. Wenn man überlegt, bei 32 Auftritten, dann noch Reden, Tanz usw. , wird es mit Sicherheit 5 Uhr morgens, bis die Veranstaltung zu Ende gehen kann. Keiner der 1.200 Gäste verließ früher den

großen Kurtheatersaal, jeder wollte sehen, was die anderen Clubs so auf die Bühne stellen konnten. Und alle blieben!

DHB – Präsident Jörg Schaefer, Frankfurt mit Gisela und DHB – Generalsekretär Reinhold Borgmann.

Die Hockeyfreunde von Villingen – Schwetzingen hatten eine Striptease – Nummer einstudiert. Mir der „schlüpfrigen Stripteasemusik", war es „Feeling good" oder „Deshalillez moi" von Julietta Greco, bei der sinnlichen Lichtgebung tanzten drei Hockeyspieler im Frack, weißem Hemd, Zylinder und weißen Handschuhen, vor den Gästen. Atemlos und totenstill starrten alle auf die Bühne. Kleidungsstück um Kleidungsstück fiel. Als fast alle ausgezogen waren, als alle Gäste mit offenen Augen auf die Bühne starrten, in letzter Sekunde, als die Hose fiel und die drei Künstler ihren Zylinder genau an die bewusste Stelle rissen, die das „Schlimmste" verdeckte, in diesem Moment schrie Gisela wie am Spieß.

Aber nach diesem Schreck gab es für die Akteure von Villingen – Schwetzingen einen rasenden – langen - langen Beifall. Dazu das Lied: (Je t´áimé, moi non plus).

Senioren:

Bekannt zumeist seit langen Jahren

Sind diese ältesten Vertreter.

Zuweilen sind sie welterfahren,

Zuweilen arge Schwerenöter..

Der Durst:

Wenn die Senioren sind sehr agil,

Plagt sie der Durst nach jedem Spiel,

Doch seit die alten Herr´n entwöhnt,

Ist Milch als Durstgetränk verpönt.

Der Ehrgeiz:

Gesunden Ehrgeiz mag ich leiden,

Krankhafter Ehrgeiz ist ein Leiden,

Ein Leiden, das nur schwer verheilt,

Weil´s keiner merkt, den es ereilt.

----

24   Was noch so passierte:

Fahrt zum Hockeyturnier nach Eindhoven/ Holland. Unser Hockeyspieler Wolfgang Thill, wir hatten ja in einem 5-Sterne-Hotel eingecheckt, kam als Letzter in den Hoteleingang. Der Pförtner bat ihn um den Autoschlüssel und wollte seinen Wagen in die Garage fahren. Doch einen Omnibusführerschein hatte er leider nicht.

Zwei Mannschaften von „Were di" Tilburg waren zu unserem Hallenturnier gekommen. Bei der Abreise hatte ein begeisterten Fan unseres Clubs ihnen Geld in die Hand gedrückt, weil sie so gut und schön gespielt hatten. So konnten sie gratis ihre Autos für den Heimweg an der Tankstelle auftanken. Das gefiel ihnen sehr.

Unsere Simone hatte es beruflich nach Düsseldorf verschlagen. In ihrer Werbefirma erzählte sie der Kollegin, sie sei eine Hockeyspielerin. Diese meinte nur: „Dann hast du ja reiche Eltern".

Unsere Luna hatte im Rechtsphilosophischen Seminar zu Köln eine wissenschaftliche Assistentin, sie war auch eine Hockeyspielerin. So blieb es nicht aus, dass Hockey auch ein Gesprächsthema war. Trotzdem wurden ihre Prüfungen bestens geschafft.

Auf unserem alten Hockeyplatz in den frühen 50er Jahren, eine regelrechte Steinwüste, spielten wir gegen die Dortmunder Hockeygesellschaft mit den Gebrüdern Borgmann. Reinhold Borgmann war ja lange der Generalsekretär des Deutschen Hockey Bundes. Seinem Bruder wurde durch einen unserer Mitspieler leider unglücklich bei einem Zweikampf die Hand gebrochen. Er nahm es aber leicht: So musste er einige Tages später nicht bei der Bundeswehr einziehen.

25 Dies und das...................

Oh – weh!   Krankenhaus In Mayen. Den jungen Michael aus der Knaben B hatte es schwer erwischt. Wir hatten gegen die Grün-Weißen aus Mayen gespielt. Der ältere Gegner aus der Eifelmetropole war auch körperlich doppelt so groß, entsprechend die Hebelverhältnisse. Da passierte es. Michael hatte eine wirklich tief und längere Risswunde auf seiner Stirn erlitten. Wir mussten das Wettspiel sofort unterbrechen, mit Vollgas unseres Clubautos, Fernlicht am Tage voll aufgeblendet, den Unterarm als Dauerheulton auf der Hupe, rasten wir ins dortige Krankenhaus. Wir sind sofort ins Operationszimmer gestürmt, haben Michael selbst auf den OP – Tisch gelegt. Auf unsere ängstliche Frage, bleibt da eine Narbe zurück, haben sie „feine Nadeln zum operieren"?, sagte er nur trocken: „Ist doch ein Junge – eine größere Narbe entstellt ihn doch nicht".   Das aber reichte uns! Wir nahmen wütend Michael selbst vom Operationstisch, luden ihn in unseren Kleinbus und rasten zurück nach Bad Neuenahr zu einem Arzt, der mehr Feingefühl und Verantwortung und auch entsprechend feine Nadeln einsetzte.

Krankenhaus Heidelberg........

Selbst Landete ich einmal im schönen Heidelberger Krankenhaus. Wir hatten Spiel auf Spiel bei dem Turnier mit namhaften Mannschaften von der Nordsee bis zu den Alpen. Die Auswechselspieler konnten auch nicht mehr so richtig ihr Gas geben, wir kämpfen was zu kämpfen möglich war. Da kam während des Spiels bei mir ein Zusammenbruch, ein Arzt stellte einen Dauerpuls von über 240 lag, der aber nicht zurückgehen wollte. Aber ich habe es Gott-sei-Dank ja überlebt.

Evangelisches Krankenhaus zu Köln:.........

Bei einem Hallenturnier in der alten Doppelhockeyhalle bei Rot – Weiß Köln hatte ich dummerweise auf einen Hockeyball getreten und meinen Fuß umgeknickt. Der sog. 5 Strahl des Mittelfußes war gebrochen. Trotz der Schmerzen spielte ich weiter. Sprang immer mal wieder einen halben Meter hoch, um evtl. die Schmerzen zu mindern. Das war sicher keine richtige Überlegung meinerseits. Später bei den Röntgenaufnahme schüttel der Arzt nur seinen Kopf. Die beiden Knochen waren nicht wie üblicherweise in einem solchen Falle „übereinander verschoben", sondern sie hatten sich über einen Zentimeter auseinander entfernt. Dass hatte er noch nie gesehen. Später in meinen Krankenbett liegend ging die Tür auf und eine Schwester fragte mich: „Sind Sie etwa von Rot-Weiß Köln"? Das war in den 1950er Jahren für die Kölner Bürger ein sog. Topanschrift.

Hallenhockey in Ersatzhallen, weil die Sporthallen noch fehlten:..........

Bevor nach dem schlimmen 2. Weltkrieg die ersten Sporthallen gebaut wurden hatten Hockeyenthusiasten schon den Wunsch, im Winter in Räumen zu spielen. So hatte der damalige Chef von Bayer Leverkusen, selbst ein Hockeyspieler es möglich gemacht, das die Herren und Damen am Sonntagmittag in ihrem dortigen „CASINO", was es heute noch gibt, ein Spielchen in einer bestimmten Zeit durchführen konnten. Das Casino, ein großer Speisesaal mit Parkettfußboden, war mittags für die Bayer – Mitarbeiter der vornehme Ort zum Speisen für MitarbeiterInnen und gar den Vorstand. Vorher musste noch ein Stehklavier beiseite geschafft werden und später dann tische und Stühle wieder an ihren vorgesehenen Platz gestellt werden. Heute ist das nicht mehr vorstellbar und der RTHC hat nicht nur zwei eigene Sporthallen, gar 5 Hockeyfelder im freien Umfeld zur Verfügung.

In Koblenz konnte der HC Rot – Weiß Koblenz in einer Bundeswehr – Panzerreparaturhalle an Sonntagen seine Spiele austragen. Die Kaserne lag in der Nähe der Moselbrücke. In Bad Neuenahr

durften wir einmal in einer großen Lagerhalle der Apollinaris AG unsere Hockeyschläger kreuzen, beim DSC 99 in Düsseldorf war ein Betonplatz für die Hockeyfreunde vorhanden, bei jedem Sturz war mit schlimmen Knieschmerzen zu rechnen. Hockey haben wir in Luxemburg auf einem großen Fußballfeld ertragen und Hockey in Trier wurde im dortigen Schwimmbad auf den Liegewiesen ertragen.

Großer Schreck in Bad Homburg vor der Höhe:........

Beim Begrüßungsabend der angereisten Hockeymannschaften im dortigen Festsaal bekamen alle Gastmannschaften ein wertvolles Geschenk. Das war damals üblich und ein nette Geste, leider ist dies rar geworden. Alle hatten schon wertvolle Blumenvasen bekommen. Bei der Übergabe an unseren Club hieß es, ein besonders wertvoller Teller aus Paris wäre das Geschenk für uns. Wir sollten diesem Prachtstück einen guten Platz später geben. Bei der Übergabe an uns ließ der dortige Präsident den Teller plötzlich aus der Hand gleiten und er zerbrach vor aller unserer Augen. Der Schreck war schmerzlich und wir waren alle sehr erschrocken. Dann aber lachte erst der Präsident, dann alle im Festsaal. Er hatte auf unsere Kosten einen ziemlich wertlosen alten Teller für diesen seinen Gag sich besorgt, uns saß der Schreck aber noch lange in den Knochen.

26 Welcher Club hat ein eigenes Lied?

Die Kölner Bully Bären haben eine eigene Musikkassette, auch mit ihren besseren Hälften, aufgenommen. Ob Weihnachtslieder oder Karnevals – Songs, es ist ein prächtiges Kunstwerk. Auch uns haben sie ein Lied komponiert, getextet – gewidmet. Darüber sind wir ihnen ewig dankbar und auch ein wenig stolz!

Aber folgende Clubs/Vereine haben ihr eigenes Lied:

Bully – Bären Köln: CD mit 8 Titeln und den Bully – Bären   HoTeGo Song,

Bonner Tennis- und Hockey Verein,

Crefelder Hockey- und Tennisclub,

Hockeyclub „Den Bosch", s´´ Hertogenbosch, Holland,

Pittermänner, Köln,

Rüsselsheimer Ruder Klub (RRK Rüsselsheim),

Hockey Club Grün Weiß Mayen,

Hockey- und Tennisclub Bad Neuenahr.

Beim Hockeyturnier im Kurtheatersaal die Wormersdorfer Landsknechte!

----

27 Der TSV Schott Mainz rief an..................

Martin Mundo, der Jugendleiter von TSV Schott Mainz rief mitten im Sommer bei uns an und wollte Hockeyspiele zwischen Mainz und Bad Neuenahr organisieren. Während wir beide telefonierten übte unsere Tochter Jennifer mit ihrem Musiklehrer im Wohnzimmer gerade das Meenzer Faschingsliedchen: „Heile – Heile Gänschen". Ich stand an der Orgel und las neugierig, wer hat das Liedchen denn komponiert. Ich las........." „Martin Mundo, Mainz".   Als ich den Hörer vom Telefon abgenommen hatte und meinen Namen gesagt hatte fragte ich neugierig, wer sind sie und was kann ich für sie tun? Ich bin Martin Mundo aus Mainz. In dem Moment dachte ich, hier stimmt was nicht. Bitte, sagen sie mir doch einmal ihren Namen. Der Anrufende lachte und meinte nur: „Ich kann mir denken, worum sie jetzt fragen. Bei ihnen spielt gerade jemand das Liedchen von meinem Onkel, der zufälligerweise genau so heißt wie ich: „Martin Mundo". Da erst verstand ich die verrückte Situation.

Es war eine Zeit mit wunderbaren Spielen unserer verschiedenen Mannschaften. Wir wurden auch zu der Fernsehsendung „Mainz bleibt Mainz wie es singt und lacht" eingeladen, weil die Familie und verschiedene dortige Hockeyfreunde auch bei den Meenzer Karnevalsgesellschaften wichtige Vorstandsmitglieder waren wie bei MCC; MCV;GCV usw.

Wir hatten uns revanchiert, als wir die Mainzer dann zu unserer HTC Weihnachtsfeier im festlich geschmückten Kurhaussaal eingeladen hatten. Mit einem großen Bus waren unsere Landeshauptstädter dann zu uns gekommen. Leider ist diese schöne Zeit vorbei. - Sport und Kultur – wie nahe beieinander!

----

28 Viele Politiker – weniger Nationalspieler......

Bei einem 8 Nationen – Länderturnier mit den Herren – Nationalteams hatte der Schirmherr und gleichzeitig der Bürgermeister unserer Stadt durch einen Zuschuss etwas von den Kosten für die „Jazzband" übernommen und auch etwas für den gesamten Verzehr aus Werbegründen und gutem Sportsinn übernommen. Auch die Anfahrt zur der in den Weinbergen gelegenen Berghütte hatte er mit Hilfe seiner städtischen Schneeräumdienste möglich gemacht. Klugerweise hatte er auch den gesamten Stadtrat zu diesem 8 Hüttenabend mitgebracht.

Wir von der Organisation hatten uns auf eine lange fröhliche Nacht gefreut. Doch es kam ganz anders. Nach dem ausgiebigen leckerem Essen und Trinken, vom besten was unsere Region zu bieten hatte, verließ die deutsche Nationalmannschaft gegen 22,30 Uhr das Fest und suchte in der Innenstadt eine Disco auf. Etwas später folgten andere Nationen den deutschen Herren – um wie einer sagte, Discomusik zu finden. So waren wir an diesem Abend, von den Mitgliedern unseres gastgebenden Club und den ca. 35 Stadtratsmitgliedern in der Überzahl. Wir hatten uns das etwas anders vorgestellt, hatten wir noch schöne Programmpunkte uns ausgedacht und vorbereitet. Doch unsere kleine Enttäuschung haben wir uns nicht anmerken lassen. (So ist es halt manchmal!)

----

29 Die Bundeskatastrophenschutzschule gab den Turnierteilnehmern große

Sicherheit bei den Übernachtungen und uns sehr günstige Preise dafür.

Erst hatten wir in unserem Fremdenverkehrsort in den Hotels Zimmer reservieren lassen wollen, um die vielen Gäste zu beherbergen. Ein Geistesblitz und einige Telefonate mit dem deutschen Bundesinnenminister genügten, um eine bessere und sichere Lösung für die Unterbringung unserer Gäste zu erlangen. In der Bundeskatastrophenschutzanlage mit den 8 Häusern, das ganze Gelände umzäunt und bewacht, konnten wir 240 ausländische und deutsche Hockeyfreunde sicher und liebevoll unterbringen. In sauber gepflegten sehr großen Einzel- und Doppelzimmern, herrlich im Wald gelegen und mit einem bezaubernden Blick hinab auf Bad Neuenahr und Ahrweiler, schien das Paradies ganz nahe.

Morgens an gepflegten Tischen von einem gut ausgebildeten Servicepersonal liebevoll betreut zu werden, tut gut. Mit 8 großen Bussen wurden alle Mannschaften zum Turnierort gefahren. All dies war von vorne herein bis zur Nachbetrachtung einfach perfekt. Und die dann später von zu bezahlenden Geldbeträge waren fast geschenkt. Leider ist die Möglichkeit keinem Sportverein oder Landesverband mehr gegeben. Nur die Feuerwehrführer und Katastrophenhelfer werden für ihre Aufgaben dort noch ausgebildet. (Wir hatten das Glück der sog. „frühen Geburt").

Einmarsch und dann Beginn die Eröffnungsfeier, u. mit den „Blaue Funken" us Kölle.

Tanzmariechen bei der Einweihungsfeier der EM

30   Hunger an der belgischen Schlemmerküste:

Wir waren mit unserer Mannschaft zum englischem Hockeyclub Bishops Stortford gereist. Nach dem 2 Tage Turnier auf der britischen Insel ging es wieder heim. Die Überfahrt über den Ärmelkanal mit der damaligen „Hoover-Craft" Doover – Calais war für uns ebenfalls ein Erlebnis. Dann wurde noch die sog. belgische „Schlemmerküste" aufgesucht. In England brauchten wir kein Geld auszugeben, so wollten einige Mannschaftskameraden noch lecker „schlemmen". Ein Spieler von uns saß wohl etwas still und ernst am Tisch, denn er spielte uns vor, keinen Hunger zu haben. In Wahrheit hatte er keinen einzigen Cent bei sich. Bis die Mannschaftskameraden das „geschnallt" hatten, hatte die nette belgische Kellnerin ihn mit in die Restaurantküche geschleppt und ihm schnell zwei Käsebrote geschmiert, obwohl sie Arbeit in Hülle und fülle hatte. (Überall gibt es nette Menschen).

----

31 Taktische Spielzüge wurden uns damals noch nicht gelehrt:

Beim Training hatten wir damals ohne richtigen Trainer selber herausgefunden, wie man durch eine sogenannte „Geheimsprache" erfolgreicher sein konnte. Manfred Röhle spielte auf dem Linksaußenposten, ich selbst musste öfters den Halbstürmer mimen. So war das früher so. Mit den Rufen 18 / 19 / 20 hatten wir uns verständigt, bestimmte Bewegungsabläufe automatisch abzurufen. 18 hieß z. B., die Positionen schnell zu wechseln bzw. anders abzuspielen. Es muss so perfekt gewesen sein, dass unsere Mayener Hockeyfreunde an diesem Sonntag mit einer Packung von 0:7 heimfahren mussten, da wir beide Stürmer auf unserer linken Seite alleine 6 Treffer erzielt hatten. Der Wahrheit gemäß muss hinzu gefügt werden, oft waren auch die Mayener Freunde uns überlegen.   (Taktik kann schon mal helfen.)

----

32 Wir halten den Umsatzrekord in unserem Steigenberger Kurhotel:

Beim sog. „Rotweinturnier" mit den Altersgruppen (32 „Senioren"),   40 Jahre („Alte Herren"), und 50 Jahre (Veterane) sowie den „Mädchen vom zweiten Plück" - (Alter von 18 bis 80 Jahre), waren in all den Jahren jeweils 64 Mannschaften am Start. Keine einzelne Mannschaft hatte je zum Turnier abgesagt, von der langen Warteliste konnte eigentlich kein Team nachrücken. Im Rekordjahr waren über 1.200 Hockeyfreunde aus allen deutschen Landen wie aus dem benachbarten Ausland gekommen. Da die Mannschaften aufgerufen waren, selbst je einen ca. 5minütigen Gastbeitrag auf der Bühne darzubringen, blieben die Gäste **alle** bis morgens um 5 Uhr, obwohl in den vier Sporthallen das Turnier um 9 Uhr weiterging. Die Gäste waren so neugierig, was die einzelnen Clubs/ Vereine so auf die Bühne bringen konnten oder „ob irgendein „Vortrag" in die berühmte Hose ging, was wirklich nicht passierte. Oft waren es „Fernsehreife" Aufführungen, manche Vereine hatten gar Profis dafür engagiert.

Das Haus „Steigenberger" hatte zusätzlich eine hohe Anzahl von Kellner, Bedienungen und Köchinnen/Köche aus Frankfurt/Main eingesetzt sowie für schmälere Tische gesorgt, damit bei diesem Fest mit den insgesamt 5 Musikbands alte Gäste einen Platz hatten. 5 Clubs aus den Niederlanden hatten clubeigene Bands mitgebracht, die leider nicht auftreten durften, weil das

Programm überfüllt war. Wir selbst hatten mit **Rocco Granata, (Marina-Marina)** einen damaligen Weltstar engagiert. Da die älteren Semester beruflich angekommen waren und zu feiern verstanden, war auch entsprechend hoch der finanzielle Umsatz von mehr als 6-stellig, und noch mehr links, vom Komma, für die Hotelkette. Alleine aus Hamburg waren vier Clubs mit großen Bussen angereist, ebenfalls aus München. Selbst die früher statt in der Bundeshauptstadt Bonn hier im Bad Neuenahrer Kurhaus durchgeführten Bundespressebälle mit Bundespräsident Prof. Dr. Theodor Heuss und Bundeskanzler Dr. Konrad Adenauer sowie die großen Bälle der Zeitschrift Madame kam bei weitem nicht an die Hockeyumsätze heran. Das hat uns selbst beeindruckt. (Hockeyleute können feiern!).

Geschenkübergabe beim „Rotweinturnier" in lebender Form

33 Unser Hockeyspieler Monschy und „Steffi Graf"

Unser Hockeyfreund Andreas Monschauer war nicht nur unser Hockeyass, als Jugendtrainer hat er vielen Mädchen und Jungen diesen Sport lieben gelernt. Er wurde von uns nur liebevoll „Monschy" genannt. Als er in Paris studierte spielte er auch in der 1. Mannschaft des französischen Meisters „Racing club de Paris". Aufgrund seines wertvollen Einsatzes in der Mannschaft und als Trainer sowie Helfer in vielen Angelegenheit wurde er in dem über 20.000 Mitglieder zählenden Großverein als „bester Juniorenspieler des Jahres" geehrt.

Als er von der Ahr nach Paris ging, seine Mutter war in der Seine – Metropole Lehrerin, ging er eines Tages mit seinem Vater zu Roland Garros, dem legendären Tennisstadion. Ca. 2.000 junge Leute standen vor dem Tor. Als die Monschauers erfuhren, die vielen Jugendliche ab 16 Jahren bewarben sich um den für junge Leute interessanten „Ballkinderjob".

Monschy gesellte sich als junger Deutscher einfach dazu. Beim Test musste gesprintet werden, Bälle weit und präzise werfen, logische Aufgaben bewältigt werden. Der später ausgehändigte Verhaltenskodex umfasste 7 Schreibmaschinenseiten: Sprechen mit den Spielerinnen und Spielern war strengstens verboten, jeder Handgriff musste genau und schnell erfolgen.

Unser lieber Monschy hatte Talent, war außer Hockey- auch ein Tennisspieler, überstand alle Prüfungsaufgaben souverän und wurde später aufgrund seiner Fähigkeiten sogar auf den Tennisfelder Nr. 1 und Nummer 2 eingeteilt.

Und so geschah es: Deutschlands Tenniskönigin und Weltbeste Steffi Graf spielte ihr Match auf dem „Zentralplatz Nr. 1. Bei einem Seitenwechsel hatte sich Steffi Graf auf ihre Spielerbank, hatte ihren Kopf in ihrem Handtuch vergraben und sinnierte innerlich. Da rutschte unserem Monschy folgender Satz aus seinem Munde: **„Fräulein Graf, soll ich ihnen Tässchen Kaffee holen?"** Steffi riss ihr Handtuch vom Gesicht und stammelte nur: „Wer bist du denn, aus Deutschland? - **„Komm nach dem Match zu mir!"** Und unser lieber Monschy durfte in seinen freien Ballkinderstunden in der Loge von Steffi Graf und ihrer Familie sitzen.

Ein halbes Jahr später hatte Monschy am frühen Samstagabend zur besten Sendezeit auf dem Radiokanal France 2 als Moderator eine Jugendsendung zu leiten.

Monschy der gute

Trainer !

34 Neuseeland hat es sehr gefallen..........

Neuseelands Hockey Damennationalmannschaft war zur Olympiavorbereitungslehrgang 4 Wochen an der Ahr hier zu Gast. Am ihrem letzten Tag vor ihrer Abreise stand das offizielle Länderspiel gegen unsere deutschen Damen im Apollinarisstadion an. 550 Zuschauer waren erschienen und man merkte den Gästen von genau dem gegenüberliegenden Land von Deutschland auf der Erdkugel, die Spannung vor dem Länderspiel und die Vorfreude an, in einigen Stunden nach dem Monat Fronarbeit in einem fernen Land abreisen zu können.

Über 4 riesengroße Lautsprecher, verteilt um den Hockeyplatz, ertönte ein Lied von ABBA, welches alle Spielerinnen spontan zu einem Lächeln und ein Tänzchen reizte. Am Ende des Länderspieles ertönte der Song: „Time to say good bye". Natürlich kannten alle dieses Lied auch, sangen es lauthals mit und man merkte, die Musik tat ihnen gut. Wenn man längere Zeit in einem Lehrgangscamp ist und musikalisches etwas ausgehungert bleibt, tut einem die passende Musik gut. Ein rheinisches Abschiedslied: „Freunde lebt wohl" von den Peanuts muss ihnen wie uns ebenfalls gut gefallen haben. Die Lieder passten genau in das Stimmungsbild der Athletinnen und ließ den neuseeländischen immer wieder sagen: „You have done an very good job!"

Natascha Keller bei uns im Apollinarisstadion
Im Zweikampf gegen Neuseeland.

35 Unsere Deutsche Hochschulmeisterschaft im Hallenhockey in vier Hallen:

------ Wir wollten sie einfach nur haben! ----

Die „Deutschen Hochschulmeisterschaften im Hallenhockey", das war unser Ziel: Die Studentinnen und Studenten fast aller deutschen Universitäten und Fachhochschulen wollten wir verwöhnen und auch Superhockey erleben. Wir waren uns einfach so sicher, die DHM so gut wie kaum ein anderer Club oder Hochschule ausrichten zu können. Unsere Voraussetzungen waren doch famos. Mindestens vier blitzsaubere großen Sporthallen, sehr gepflegt, mit guten Hockeybanden, Hockeytornetzen, Anzeigetafeln und Lautsprechereinrichtungen in allen diesen Sportstätten, standen uns doch zur Verfügung. Parkplätze an den Hallen waren genügend vorhanden. Und unsere Erfahrungen waren doch riesig, dachten wir. Uns fehlte es nicht an einer großen Menge Selbstbewusstsein.

So bewarben wir uns einfach beim Deutschen Hochschulsportverband in Hamburg. In „Duzform wurde uns geantwortet: **Ihr seid doch keine Uni und keine Hochschule! An Vereine haben wir noch nie eine DHM vergeben.** Und Bad Neuenahr, ist das nicht ein kleiner Kurort? So viele Kneipen für die abendlichen zünftigen Studentenfeten habt ihr doch nicht. Ja, in Tübingen oder in Heidelberg, da wurde immer richtig gefeiert. Ihr bekommt die große Studentenschar doch nicht in den wenigen Kneipen unter!

Darüber hatten wir nur ein müdes Lächeln übrig. Wir antworteten denen lässig, wir würden alle Teilnehmerinnen & Teilnehmer, und seien es mehr als tausend, in unserem großen Kurhaussaal oder im hiesigen großen Dorint – Hotel - Festsaal ihr **gemeinsames DHM – Unifest organisieren.** Dafür würden wir stehen. Blankes Erstaunen in Hamburg beim DHSV. Und mit einem nächsten Brief teilte uns der Hochschulsportverband mit, wir kommen mal zu euch und schauen uns die Örtlichkeiten an. Und so geschah es dann auch. Wir zeigten ihnen die 4 Sporthallen, unsere Clubhaus und erklärten ihnen, was wir alles so uns ausgedacht hatten. Und wir bekamen dann auch den Zuschlag, zumal zumal ich Absolvent der Deutschen Sporthochschule Köln war. Die nahmen wir auch mit ins Boot.

Wir ließen sofort DIN A 2 Plakate drucken, stellten ein große Programmheft auf, organisierte die Band für das Studentenfest, reservierten Betten in Hotels, Pensionen, baten unsere eigenen Clubmitglieder, für ärmere Studenten bzw. Studentinnen **kostenlose** Betten zur Verfügung zu stellen. Der Bundesminister des Inneren, Landesminister, Bürgermeister wurden um Ehrenpreise angesprochen und um die nötigen Grußworte fürs Heft gebeten. Auch die einheimische Industrie, Geschäftsleute und Freunde wurden um weitere Ehrenpreise angesprochen.

Wir wurden auch vorstellig bei einigen Universitäten und Hochschulen, verschickten über 800 Plakate usw. Und dann wurden die offiziellen Namen der Universitäten erfragt und die Meldungen dieser Hochschulen kamen auch mit heiteren Anmerkungen der Studentinnen und Studenten bei uns. So waren bei einer DHM über 400 Aktive am Start und bei einer anderen DHM 614 Studentinnen & Studenten. Hier einige Namen der Hochschulen:

Teilnehmende Universitäten und Hochschulen mit den bekannten Namen:

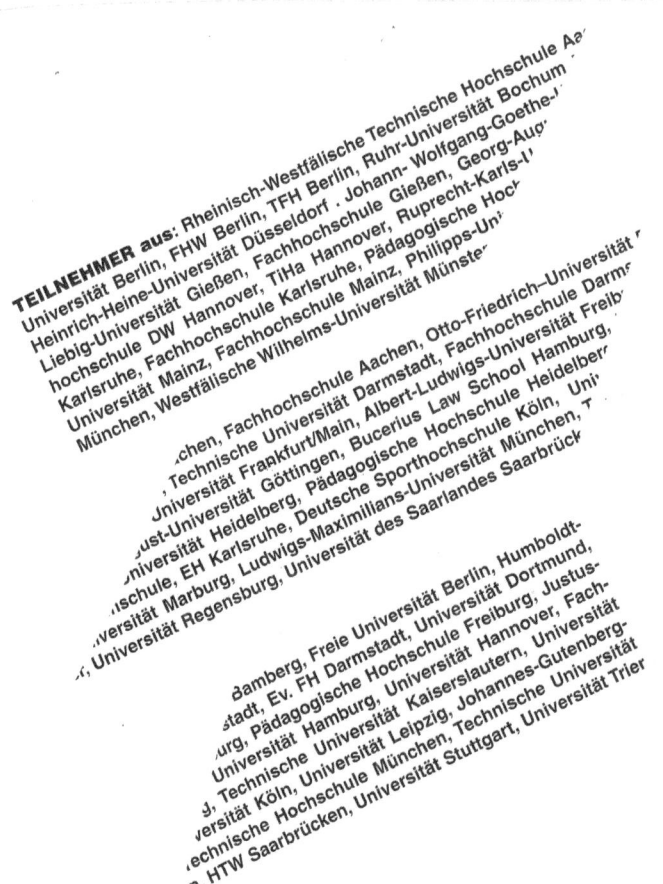

TEILNEHMER aus: Rheinisch-Westfälische Technische Hochschule Aa...
Universität Berlin, FHW Berlin, TFH Berlin, Ruhr-Universität Bochum...
Heinrich-Heine-Universität Düsseldorf . Johann- Wolfgang-Goethe-...
Liebig-Universität Gießen, Fachhochschule Gießen, Georg-Aug...
hochschule DW Hannover, TiHa Hannover, Ruprecht-Karls-I...
Karlsruhe, Fachhochschule Karlsruhe, Pädagogische Hoch...
Universität Mainz, Fachhochschule Mainz, Philipps-Un...
München, Westfälische Wilhelms-Universität Münste...

...chen, Fachhochschule Aachen, Otto-Friedrich–Universität...
...Technische Universität Darmstadt, Fachhochschule Darm...
...Universität Frankfurt/Main, Albert-Ludwigs-Universität Freib...
...just-Universität Göttingen, Bucerius Law School Hamburg,...
...niversität Heidelberg, Pädagogische Hochschule Heidelber...
...schule, EH Karlsruhe, Deutsche Sporthochschule Köln, Uni...
...versität Marburg, Ludwigs-Maximilians-Universität München, T...
...r, Universität Regensburg, Universität des Saarlandes Saarbrück...

...amberg, Freie Universität Berlin, Humboldt-
...stadt, Ev. FH Darmstadt, Universität Dortmund,
...urg, Pädagogische Hochschule Freiburg, Justus-
...Universität Hamburg, Universität Hannover, Fach-
...J, Technische Universität Kaiserslautern, Universität
...versität Köln, Universität Leipzig, Johannes-Gutenberg-
...echnische Hochschule München, Technische Universität
...en, HTW Saarbrücken, Universität Stuttgart, Universität Trier

In der Nacht gegen 2 Uhr gab es auch eine Polonaise.

Die Band „Siegfrieds - Service und gegen

3 Uhr DJ Hugo heizten gewaltig dem jungen Volk ein.

Ein Hockeytor auf der Bühne.   Einzelne Universitäten brachten prächtige Vorträge .

Über 600 Aktive sangen alle gemeinsam Lieder von Freundschaft.

Grußworte für diese DHM schrieben:

Bundesminister des Innern,   Otto Schilly   Bernd Lange, ADHSV

Ministerpräsident von Rheinland – Pfalz, Kurt Beck

Präsident des Deutschen Sportbundes,   Manfred von Richthofen

Landrat des Kreises Ahrweiler,   Dr. Jürgen Pföhler

Schirmherr und Bürgermeister der Stadt, Dr. Hans – Ulrich Tappe

Kath. Pfarrer   Peter Dörrenbächer,   Ev. Pfarrer Rüdiger Stiehl

Aus dem großen Blätterwald:

Deutsche Hallenhockey-Hochschulmeisterschaften

Heidelberg ist Hockey-Hochburg

Beide Titel gingen an die Hochschulen am Neckar

Auch die Heidelberger Frauen konnten die Meisterschaft für sich ent-scheiden. Foto: Gerrit Mitter

Bad Neuenahr-Ahrweiler. Heidelberg darf sich das Non-Plus-Ultra im Deutschen Hallenhockey der Studentinnen und Studenten nennen. Bei den Deutschen Meisterschaften in Bad Neuenahr-Ahrweiler gingen beide Titel an die Mannschaften aus der Neckarstadt. Damit hätten sie nicht unbedingt rechnen können. Bei den Frauen war es Olympiasiegerin Fanny Rinne, die ihr Team zum Sieg führte. Sie hatte zwar betont, nach Bad Neuenahr-Ahrweiler gekommen zu sein, um ein wenig Spaß zu haben, aber schließlich stand auch der sportliche Aspekt bei der wohl bekanntesten Spiele-

rinnen aus der Goldmannschaft von Athen im Vordergrund. Rinne eröffnete mit ihren Mannschaftskolleginnen am vergangenen Montag das Turnier mit einem 7:1-Erfolg gegen Mainz und beendete es im Endspiel gegen den gleichen Gegner, wenn auch mit 3:1 nicht ganz so klar. Vielleicht waren die Sportlerinnen da ein wenig von der Hochschulparty am Abend zuvor im Mercure-Parkhotel geschlaucht. Vor drei Uhr nachts war da kaum einer ins Bett gekommen. Deutlich ging es jedoch im Spiel um Platz drei zu, wo Düsseldorf gegen Göttingen 7:1 gewann. War der Sieg bei den

Frauen nicht so sonderlich überraschend, so sorgten die Heidelberger Männer dagegen für Aufsehen. Vor allen Dingen im Halbfinalspiel, wo sie Titelverteidiger Mainz knapp mit 5:4 das Nachsehen gaben. Im Endspiel feierten die Heidelberger dann einen 5:2-Erfolg gegen die Uni Leipzig, die noch in der Vorschlussrunde die FHDW Hannover mit 6:0.in die Schranken weisen konnte. Das Spiel um Platz drei entschied der entthronte und daher angefressene Titelverteidiger aus Mainz mit einem 10:0 gegen Hannover für sich. Es war eine tolle dreitägige Veranstaltung, die der HTC Bad Neuenahr auf die Beine gestellt hatte. In insgesamt vier städtischen Hallen wurde gleichzeitig gespielt. Eine Vielfalt an Sportstätten im kleinen Bad Neuenahr-Ahrweiler, die auch Norbert Stein vom ADH begeisterte. „Das findet man selten." Begeistert waren die Studentinnen und Studenten aber auch vom Engagement der Stadtverwaltung und des Kreises, die den jungen Sportlern optimale Meisterschaften mit insgesamt 176 Hockeyspielen ermöglichten. Großes Lob gab es aber in erster Linie für Erno Mahler, der die Hochschulmeisterschaften, die nach 1993 zum zweiten Mal in der Kreisstadt stattfanden, perfekt organisiert hatte. - THOM -

Was die Mannschaften so alles schrieben bei ihren Anmeldungen:

Universität Bamberg:

Was kommt wohl dabei heraus, wenn man aus Deutschlands einziger Universitätsstadt ohne eigenen Hockeyverein, aber mit höchster Brauereidichte je Einwohner auskommt? Wir. Wenn wir Euch tagsüber nicht besiegen, dann wartet auf den Abend...........

WG Darmstadt:

Die knackigsten Hessen südlich des Mains sind..............

Universität Dortmund:

Abwarten und Tee trinken, wir sind da............

Johann-Wolfgang-Goethe-Universität Ffm, (WG) :

Mitten aus dem Herzen Deutschlands, aus der Stadt von Goethe (und Apfelwein) kommen wir nach Bad Neuenahr – Ahrweiler, um neben großen Hockeysport auch eine gute Figur auf der Tanzfläche vorzuzeigen. Vielen Dank an den Ausrichter und allen Mannschaften viel Spaß auf der DHM.

Universität /Fachhochschule Gießen (WG):

Motto: „ Allein die Chance ist Grund genug es zu machen!"

Bucerius Law School Hamburg: - „unberechenbar und kampfstark"

Unsere Mädels kommen leider nicht mit. Selber schuld, wenn sie wüssten, was ihnen entgeht.

Ruprecht-Karls.Universität / Pädagogische Hochschule (WG) Heidelberg:

Spruch:

Dreckiche Glatz, dreckiche Glatz,

Die kricht ma auf'm Bismarckplatz.

Dreckiche Nos, dreckiche Nos,

Die kriech ma auf der Bahnhofsstroß.

Dreckiche Füß, dreckiche Füß,

Die kricht ma auf der Neckerwies.

Deutsche Sporthochschule Köln / Universität Köln (WG):

Die aus Uni und Sporthochschule bestehende WG ist weitaus mehr als nur ein Karnevalsverein,

rekrutiert sich doch aus Spielern, die alle für den Fall schon mal wissen wie man dem kroatischen vom Schusskreis aus die argentinische Rückhand schüttelt – selbst dann, wenn nach allerschwerstens vorbildlich geführter Turnierfete noch auf den technischen Dienst am Gleichgewichtsorgan gewartet wird und auf Defensivtaktiken wie „Strafeckenablaufen nach Gehör" zurückgegriffen werden muss, weil sonst das stets parate und auf angesprochene Turnierfete nochmals feinjustierte Spielverständnis noch im Tiefparterre hängt. Wir freuen uns auf die Tage in Bad Neuenahr – Ahrweiler und hoffen, dass genügend Zeit und Raum bleibt, ein würdiges Hockeypartyfeuerwerk abzubrennen. Bildlich gesprochen.

Philipps-Universität Marburg:

Spruch: Mensa Marburg, gegessen wird zu Hause!

Universität Regensburg:

Spruch: „Gamla Du Fria"

Universität Saarbrücken: (WG)

Wir schlafen nicht auf Kisten, wir schlafen nicht auf Stroh.

Wir schlafen auf Paletten, das ist im Saarland so! Oleee Oleee.

Universität Stuttgart:

Teamname: „Benztownbuddies"

„Der große Sport fängt da an, wo er längst aufgehört hat, gesund zu sein -   an der Theke!"

Hockeyschläger von Elisabeth Heinen.

Ehrenpreise – Auszeichnungen, die gab es auch:

a)   Titel: „Deutscher Hochschulmeister"

b)   ADH – Siegernadeln in Gold, Silber, Bronze,

c)   Pokale in verschiedenen Größen,

d)   Urkunden

e)   Zusätzliche Ehrenpreise Bundesminister, Ministerpräsident, Landrat, Bürgermeister, hiesige Firmen, Clubangehörige usw.

----

36 Der italienische Hockeyverband wollte kein Geld von uns.......

Wir wollten auch Italien beim Hallenhockeyturnier um den „Apollinaris Cup" neben sieben anderen Ländern bei uns zu Gast haben. Wir versprachen uns dabei etwas an Exklusivität. So riefen wir beim dortigen Verband in Rom an und wollten es ihnen schmackhaft machen, dabei zu sein. Wir boten ihnen 1.000,-- DM an, um ihre Flugkosten zu reduzieren. Das lehnten sie ab, es wäre nicht nötig. Und so waren sie pünktlich da und unser HTC – Mitglied, Jerry", Primo Giovanni Caltagirone, betreute die italienische Mannschaft liebevoll und perfekt. Gar einen Spieler begleitete er kurz ins Krankenhaus und alle zollten unserem „Jerry", so wird er gerufen, ihren besten Dank.

37   Holland haben wir immer wieder gerne bei uns gesehen:

In schwarzen Trikots spielt Neuseeland. Sie waren auch 4 Wochen hier.

Gelungener Abschlusstest
Damen-Nationalmannschaft besiegte Niederlande mit 3:2

Schöner Erfolg für die deutsche Damennationalmannschaft zum Abschluss ihrer Vorbereitung zur Weltmeisterschaft im australischen Perth: Mit 3:2 besiegte sie am Freitag dem 1. November im Bad Neuenahrer Apollinarisstadion das Team der Niederlande. Am Abend zuvor hatten sich beide

Pressebilder: Vollrath, Bad Neuenahr-Ahrweiler.

Immer wieder müssen viele Schilder neu erstellt werden. / Toller Zweikampf bei   D gegen die NL

Kurt Jünger, Kreissparkasse Ahrweiler begrüß ARG.

38   Ständeturnier

- **aus der Hockey – Zeitung -**

  Chefredakteur Uli Meyer.

Ein Hockeyturnier der etwas anderen

Art ging beim HTC Bad Neuenahr ging

beim HTC Bad Neuenahr über die Bühne.

Nicht Spieler des gleichen Vereins formten

eine Mannschaft, sondern der gleiche

Berufsstand war bei der Bildung des Teams

ausschlaggebend. Ein Versuch, der voll

einschlug. Sieger des ersten deutschen   **Auf dem Bild: Dr. Eddy Thelen, Jan Mahler, Peter Meier.**

„Ständeturniers" wurde die Kölner Juristenauswahl

(ein Richter, ein Gerichtspräsident, ein Finanzamts-

direktor und 5 Rechtsanwälte), die im 72er Olympiasieger

Eddy Thelen den prominentesten Spieler aller sechs

Spieler aller sechs Teilnehmerteams in ihren Reihen

hatten. Die einzige Niederlage mussten die Kölner Juristen

gegen ihre „Amtskollegen" aus Bad Neuenahr hinnehmen,

die Zweiter wurden, gefolgt von einer Bad Neuenahrer

Ärzte – Auswahl, den Kaufleuten, den Technikern und schließ-

lich den Lehrern. Der Organisator hatte viel Lob für sein

Experiment erhalten und plante schon für das nächste Jahr.

----

39 Goldherren in Peking.

Wie viele erwartungsfrohe Menschen saßen wir damals vor den heimischen Fernsehgeräten und hofften auf die Goldmedaille für unsere deutsche Mannschaft. Wir zitterten, fieberten erregt mit so vielen Sportfreunden und hatten uns vorgenommen, bei dem Erringen der Goldmedaille organisieren wir hier an unserem Heimatort für unser DHB – Team zum Dank ein „Goldfest".

Vorgenommen war vorgenommen! Wenn auch in der heute so schnelllebigen Zeit viele Ereignisse schnell an der Attraktivität verlieren und in Vergessenheit geraten, wir begannen sofort mit den nötigen Vorbereitungen. Wo und wie wird gefeiert? Was können wir den „Goldjungens" bieten außer unserer Landschaft und unseren freundlichen Gesichtern. Schnell kamen die vielen Ideen ein Gesicht und viele Hände und auch Geldgeber halten uns dabei.

So war unter: hockey.de – Nachrichten   zu lesen:

Ein Jahr nach dem Goldmedaillengewinn von Peking

feierten die Olympiasieger auf Einladung des HTC Bad Neuenahr.

21.09.2009 - Der HTC Bad Neuenahr hatte die Olympiasieger von Peking ein Jahr nach ihrem Goldmedaillengewinn von Peking an die Ahr eingeladen. Organisator Erno Mahler und sein Team hatten die Feierlichkeiten in der Weinbau-Region minutiös durchgeplant. Eine Stip-Visite in der offiziellen Dokumentationsstätte des "Kalten Krieges" war ebenso dabei wie der Eintrag ins Goldene Buch der Stadt Bad Neuenahr und der Besuch eines regionalen Weinfestes. Rund 15 Spieler und Staff-Mitglieder folgten der Einladung. Lesen Sie nachfolgend den Bericht von Erno Mahler:

"Zu ihrem einjährigen Goldmedaillenfest nach dem Gewinn des olympischen Edelmetalls in Peking schoss die Goldherren in der dunklen Röhre der Dokumentationsstätte der Bundesregierung in Bad Neuenahr-Ahrweiler aus allen Rohren. Ob aus der Luft oder vom Boden der kilometerlangen Bunkerröhre, alle Olympioniken legten sich mächtig ins Zeug, wollte jeder doch in diesem früheren deutschen Staatsgeheimnis mit seinem Hockeystock ein Zeichen für eine friedliche Nutzung dieses Bauwerkes mit einer Rekordmarke setzen.

Zum Start des Tages führte Erno Mahler das erfolgreiche Team um Mannschaftsführer Timo Weß ins gegenüberliegende HTC-Clubhaus zum ersten Begrüßungsumtrunk. Pünktlich um 12 Uhr begann mit einem vielseitigen Mittagessenbuffett ein Unterhaltungsmarathon im rasenden Tempo. Mit einem offenen Planwagen, geschmückt mit schwarz-rot-gelben Bändern, mit den Flaggen aus China und Deutschland, mit Musik für die Ohren und Getränke für die Gaumen wurde durch die Neuenahrer Innenstadt sowie durch das Kurviertel mit den vielen Besuchern gefahren und im Intersporthaus „Nett" schnell ein Foto gemacht.

Weiter auf dem Planwagen ging es nach Marienthal zum Beginn auf dem legendären Rotweinwanderweg. Im herrlich im Hang gelegenen Hotel-Restaurant Hohenzollern weilten schon so viele Persönlichkeiten wie Kaiserin Soraja, der russische Expräsident Gorbatschow oder Thomas Gottschalk. Der wunderbarste Blick von oben ins Ahrtal, präsentiert von den Hoteliers Ludger und Carin Volkermann sowie Torsten und Ester Glöde-Volkermann, hat die Hockeynationalspieler sehr berührt. Kaffee und Kuchen, Rotweine und Ahrweiler wurden als erlaubte Dopinggaben genossen.

Ein fünfminütiger weiterer kurzer Wanderweg führte dann zu dem Atombunker mit den schon beschriebenen spannenden und aufregenden Aktivitäten. Viele der dort befindlichen Besuchergruppen freuten sich, die deutschen Goldstars gesehen zu haben (90.000 Besucher pro Jahr werden jährlich durch diese Anlage geführt). Wieder im strengen Zeitmanagement auf dem offenen Planwagen zurück, wurde die Altstadt Ahrweiler angefahren, die letzten Meter über den Marktplatz ging es zu Fuß.

Mit fröhlich-launigen Worten klärte der Neuenahrer Sitzungspräsident Oskar Hauger, eine dortige Lokalgröße, nach der Olympiahymne über Lautsprecher die dortigen Besucher über die besonders angenehmen deutschen Hockeygrößen auf. Autogrammjäger ergatterten sich unter dem Objektiv eines regionalen Fernsehsenders die begehrten Autogramme. Zum eigentlichen Goldfest im Weingut Maibachfarm war der Schirmherr dieses Goldfestes, der Bürgermeister der Stadt Dr. Hans-Ulrich Tappe, mit Gefolge und dem „Goldenen Buch" der Stadt erschienen.

...umsichtige Museumsleiterin Heike Hollunder und der Vorsitzende Dr. Wilbert Herschbach hatten
...dert Kunstwerke in der langen Röhre wegräumen lassen, sonst wären viele der weltbekannten
...stellungsstücke nun kopflos. Besser hätte dieser besondere Tag der Goldherren nicht beginnen können.

...wunderbarer Spätsommertag ließ die fünf Ringe der Olympiafahne vor dem Vier-Sterne-Hotel Seta in
...em edlen Licht erscheinen und die liebevolle Begrüßungsritualien des Hauses stimmten die Spieler der
...nnschaft des Jahres" (vor der TSG Hoffenheim und der deutschen Fußballnationalmannschaft)
...artungsvoll froh. Tanja Lingen, die schnellste Hockey spielende Winzerin des Weingutes Peter Lingen,
...ihre Schwester überreichten an die Nationalspieler ein Weinpräsent.

Nach den Begrüßungsworten des Stadtoberhauptes erinnerten sich die Hockeyspieler an ihre Zeit in Peking, erzählten und lachten untereinander, derweil im Video, zugeschickt von der Botschaft in China, sie sich selbst beim Einmarsch am Olympiaort erkannten. Der Rotwein in seinen vielfältigen Formen mundete ausgezeichnet, das Essen stärkte die ungewohnt beanspruchten Muskelpartien bei der Wanderung. Das wird den Bundestrainer Markus Weise besonders freuen, weiß er doch als „doppelter Goldschmied" bei Olympischen Spielen, was wirklich nötig ist und so gut tut.

Anstrengend war für die Athleten das ständige Aufstehen für die ankommenden Fotografen. Dass Hockeyspieler außer Hockeyspielen auch feiern können, bewiesen die fünf mit Inbrunst & Aufstehen gesungenen Lieder. Ein weiterer Beweis war der Besuch des Bachemer Weinfestes, wo unter den tausend Weinfestbesuchern die Hockey-Nationalspieler vor der Musikband auf dem Marktplatz wieder sangen, tanzten, steppten, flirteten und mit den Einheimischen zu deren Begeisterung feierten. Die Bachemer Einheimischen und Gäste des Weinfestes staunten mit offenen Augen über die Lebensfreude, Trink- und Feierfestigkeit, gepaart mit gutem Benehmen, der deutschen Spieler.

Alles in allem erkannten die DHB-Auswahlspieler an den begeistert von ihnen aufgenommenen Reden des Verkehrsdirektors (Ahrtaltourismus) Andreas Wittpohls, des Hotelier Ludger Volkermann, des HTC Vorsitzenden Dr. Karl-Horst Gödtel, dem Entgegenkommen des Kurdirektor Rainer Mertels, der Vereinigten Winzergenossenschaft Dernau, dem Sponsor Günter Kill (Kliniken Bad Neuenahr), der gehobenen Dienstbarkeit des Servicepersonals des Seta-Hotels, des Weingutes Maibachfarm, Gudrun Gatzmaga, dass alle Leute an der Ahr bei wichtigen Turnieren mit der Mannschaft fiebern und dass alle Einheimischen den Stand in der Weltspitze im Hockeysport kennen.

Nach der langen Nacht mit dem Besuch noch in der Bad Neuenahrer Spielbank schliefen sich die Spieler zum nächsten Tag vor der Heimreise wieder frisch und fromm. Die gesamte Gold-Herrenmannschaft dankte dem Organisator mit einem von ihnen signierten Nationaltrikot. Erno Mahler war über die Herzlichkeit und Dankbarkeit überwältigt, gab den Dank aber weiter an den „Förderkreis Goldherren" (der Überschuss geht an die „Ahrweiler Tafel") und teilte den Dank mit den Mitstreitern in dieser Sache, Jennifer und Joachim Schneider (Rheinbezirksvorsitzender), der die Dokumentation erledigte, und dem treuen Mithelfer Manfred Röhle. HTC"

Weinberge an der Ahr.   Dort feierten die Goldjungens ihr „Goldfest".

Der Kader für Peking:

Sebastian Biederlack, Moritz Fürste, Tobias Hauke, Oliver Korn, Niklas Meinert, Maximilian Müller, Juan Carlos Nevado, Max Weinhold (Tor), Tibor Weißenborn, Benjamin Wess, Timo Wess, Philip Witte, Christopher Zeller, Jan – Marco Montag, Christian Schulte (Tor). Bundestrainer Markus Weise und Stab.

40

Unsere prächtige Damennationalmannschaft holte sich vor einigen Monaten hier den letzten Schliff, gegeisterte uns alle, vom Club, vom Hotel, dann „Gold" in Athen und die Welt liegt ihnen jetzt zu Füßen"

DHB Damenkader für Athen: Tina Bachmann, Janine Beermann, Pia Eidmann, Mandy Haase, Martina Heinlein, Eileen Hoffmann, Natascha Keller, Anke Kühn, Julia Müller, Janne – Müller – Wieland, Kristina Reynolds (Tor), Fanny Rinne, Marion Rodewald, Katharina Scholz, Christina Schütze, Maike Stöckel, Yvonne Frank (Tor), Lina Geyer.   - Bundestrainer Markus Weise -.

Lange waren die „Weise – Schützlingen" auf vielen Lehrgängen zusammen. Dann kamen die Olympischen spiele von Athen 2004.   Der verdiente Lohn: **Die Goldmedaille.** Und ganz Deutschland sprach danach mit großer Bewunderung von der „Wundertüten-Mannschaft".

Auch dieser Mannschaft organisierten wir genau nach einem Jahr als Anerkennung ein

--- **Goldfest** – über ein verlängertes Wochenende an der Ahr mit:

Empfang im HTC Clubhaus, Essen im 4 Sterne SETA – Hotel,   Überreichung von großzügigen Weingeschenke für jede Spielerin vom prämierten (Weingut Peter Lingen) in

Bad Neuenahr und dann Planwagenfahrt zum Wandern auf dem „Rotweinwanderweg", Einkehr im Hotel Restaurant Hohenzollern mit Sektempfang, Kaffee und Kuchen, (Familie Volkermann), Besuch im Regierungsbunker und Weiterfahrt zur 12er Weinprobe mit Essen in der Maibachfarm, (Familie Gatzmada), Überreichung von Geschenke der Kreissparkasse Ahrweiler, (Direktor Helmut Breuer) und   Auftritt aller Spielerinnen auf der Bühne des Weinfestes in Walporzheim/Ahr mit einer Tanzeinlage, vor tausenden Winzerfestbesuchern, großer Beifall und Bitten um Autogramme von den Goldmädels. Danach Spielbankbesuch und Absacker im SETA – Hotel.

Die Wundertütenmannschaft.............................!

----

41 Wie man es macht ist manchmal verkehrt:

Wir hatten in zwei großen Sporthallen jeweils ein Turnier für die A/B – Mädchen und für die Knaben A/B organisiert. An dieser 2 – Tage Veranstaltung hatten wir für alle Teilnehmer in zwei großen Hotels und der damals bei uns befindlichen Bundeswehr Erbsen - und Linsensuppen mit Würstchen spendiert bekommen und wir wollten unsere jungen Gäste damit gratis verwöhnen. Für alle diese Mühen hatten wir viele Wege gehen und öfters telefonieren müssen. Aber „Pustekuchen". Doch den Kindern schmeckten die verschiedenen gespendeten Suppen nicht. Leider zeigten sie dies uns auch sehr deutlich; dies ließ schließen auf keine guten Elternhäuser und fehlendes Gefühl ihrer Betreuer. (So ist es leider manchmal.).

----

42 Fragebogenaktion (mit der Kreisverwaltung Ahrweiler, Jugendamt).

Um nichts verkehrt zu machen bei größeren Turnieren und Sportfesten hinsichtlich Verpflegung für die Kinder und Jugendlichen wurden **Fragebögen** an sie verteilt mit der Bitte um schnelle Rückgabe. Damit den Kindern und Jugendlichen bei den Veranstaltungen alles gut munden soll und damit nichts oder wenig vernichtet werden sollte, waren 40 Nahrungs- und Genussmittel aufgelistet. Diese sollten nach ihren Wünschen „angekreuzt" werden. Klarer Sieger bei den Nahrungsmitteln waren Pommes frites vor Pizzen. Die Mädchen standen auf Salaten mit Beilagen. Zu dieser Zeit wurden war es in hiesiger Umgebung üblich, Kinder und Jugendliche bei Turnieren oder Kreissportfesten kostenlos zu beköstigen. Das hat sich ja bekanntlich mangels Masse verändert.   (Dicker Bauch studiert auch nicht gerne),

----

43 Rebkorkenzieher - Freude und Ärger dadurch.

Ein Rebkorkenzieher ist ein Gerät zum Öffnen von Flaschen, die mit Korkstopfen verschlossen sind. Sie werden gebaut aus gewachsener Weinbergrebe. Es gibt diese in verschiedenen Ausfertigungen und dienen oft in einer Vitrine zum Schmuck.

So ein Rebkorkenzieher ist ein schönes Geschenk. Wir haben diese Exemplare bei vielen großen und kleineren Turnieren an unsere Gästen als Begrüßungsgeschenk ausgegeben und dafür auch viel Dank bekommen. So ein Rebkorkenzieher hat auch seinen Preis. In den letzten Jahrzehnten haben wir mehrere tausend Exemplare gekauft und dann verschenkt an unsere Turnierbesucher verschenkt.

Nicht gut beraten waren wir allerdingst, als wir bei den Deutschen Hochschulmeisterschaften 700 Stück an unsere Studentinnen und Studenten ausgegeben hatten. Diese sollten bei ihnen zuhause in ihren Schränken später an ein schönes Turnier bei uns erinnern. So hatten wir uns das ausgedacht.

Da es bekanntlich gut erzogene Menschen gibt – aber auch welches – die mit einem Düsenjäger durch ihr Kinderzimmer gerast waren und nicht wissen, was sich gehört, haben einige Studenten beim „Hochschulfest" im vornehmen Dorint – Parkhotel nachts gegen 4 Uhr in ihrem wirren Köpfen mit diesen Rebkorkenzieher in die wertvollen Tische Löcher gebohrt. Sie machten in ihren dummen Köpfen uns und dem Hotel viel Verdruss. Gottseidank waren es nur 10 Tische die durch die Frevler beschädigt worden waren, die ca. 600 anderen Studentinnen und Studenten benahmen sich vorzüglich.

----

44 Hockey und Kegeln beim RTHC Bayer Leverkusen:

Kluge Köpfe beim RTHC hatten herausgefunden, ihre tolle Clubanlage kann noch mehr als Hockey anbieten. Im Untergeschoss, bei den vielen, jeweils für eine einzelne Mannschaft, konzipierten Umkleideräumen befindet sich auch schmucke und fachgerecht Kegelbahn. So hatten die RTHC – Mitglieder zu einem Turnier mit anschließenden Wettkegeln eingeladen. Es sollte eine gemeinsame Wertung geben.

So war es auch geplant, Hockey und Kegeln gemeinsam zu werten. So war die Atmosphäre während der Hockeyspiele extrem friedlich, wollte doch nach dem Spiel gemeinsam ein Gläschen trinken, in bester Art auch das Kegeln genießen. Auch konnte man die Hockeyniederlage durch besonders gutes Kegeln irgendwie wettmachen. Hat uns immer gefallen.

----

45 Heeresmusiker spielten auf beim Bundeswehrhockey.

Die Hockeyanlage war „schwarz" voller Zuschauer. Es waren ca. 4.000 begeistere Hockeyfreunde und viele Zuschauer gekommen, die unbedingt sehen wollten, wie fünf Fallschirmspringer aus einer Höhe von 1.500 m ihrem Minister der Verteidigung, Volker Rühe, drei neue Hockeyschläger übergeben sollten.

Zackig begrüßte Brigadegeneral B. Volker Krauß den Dienstherr der vielen Bundeswehrangehörigen in der Kreisstadt und auch die amtierende Weinkönigin sprach Begrüßungsworte. Der Rahmen zur Eröffnung des neuen Kunstrasenplatzes war würdevoll.

Die Zuschauer reckten die Hälse nach oben, in einer Höhe von ca. 1.500 m knatterte der Hubschrauber. Dann lösten sich kleine Pünktchen aus dem Flugobjekt, die schnell größer wurden. Bald blähten sich die hellblauen Fallschirme auf.

Vier Minuten später landeten die fünf Fallschirmspringer der Bundeswehr aus Saarlouis sicher und fast genau in der Platzmitte. Riesig war der Beifall für diese Leistung. Zuvor waren schon die Musiker des Heeresmusikkorps aus Düsseldorf mit klingenden Spiel aufmarschiert. Voran der Musiker mit dem Schellenbaum, an dem der Bundesadler in der Sonne leuchtete. Den Anstoß der internationalen Begegnung, der deutschen Bundeswehrauswahl und der holländischen Militärauswahl übte der Verteidigungsminister erst einmal mit der Weinkönigin. Der Minister hatte früher selbst Hockey gespielt wie seine Söhne es in Hamburg machen.

Bundeswehrauswahl gegen die Militärauswahl von Holland vor 4.800 Zuschauern.

----

46 Die jungen Mädchen aus Zimbabwe fühlten sich bei dieser internationalen

gegen die HTC Damen sehr wohl die Party endete 2:2.

Zimbabwe gegen den HTC 2:2

----

47 Die legendären „Rotweinturniere" für Senioren ab 32 Jahren, alte Herren ab 40

Jahren, Veterane ab 50 Jahren und Mädchen vom „Zweiten Plück von 18 bis

80 Jahre haben wir ca. 20 Male ausgerichtet, 6mal waren es jeweils 64 Teams,

und kein Club hat dazu jemals abgesagt.

Hockeyball einmal festlich

Hockeymütter auf der Kurhausbühne

Mit unseren Aktivitäten bei den großen „Heiteren Seniorentreffs" mit den jeweils 64 Mannschaften aus dem Inland sowie dem Ausland, rotierend in den vier gepflegten Sporthallen und am Festabend mit Liveauftritten der Spielerinnen und Spieler aus den einzelnen Clubs/Vereinen hatten wir zwischen 1.200 und 800 Teilnehmer am Start. Die Gäste saßen auch auf der Empore (auch hier war Tanz), wir mussten dazu das angelehnte „Wiener Café" und den dazugehörigen Gartensaal buchen. In einem Jahr wurde im vornehmen Kurgarten für diese Hockeyschar ein 1,500 Mann-Zelt aufgeschlagen. Die Abende brachten dem „Steigenberger Hotel" jeweils die größten Jahresumsätze. Die alten Bad Neuenahrer Spezialitäten wie Rauchfleisch, Ananastörtchen, Eifelfango erlebten wir wieder zum Leben, die gab es bei der Siegerehrung zu den anderen Ehrenpreisen.

„Fremde werden Freunde" - das war oft auch ein Nebenton in den Turnieren. Das wurde immer wieder wahr. Das Eis war schnell gebrochen und durch die vom UHC aus Hamburg in den Saal gebrachten riesigen Luftballons, die ständig in der Luft gehalten wurden, waren ein symbolisches Zeichen für das Miteinander der gesamten großen europäischen Hockeyfamilie.

Dann wurde es voll auf der Bühne. Jede der 64 Mannschaften, vertreten durch ihren jeweiligen Mannschaftsführer, erhielt aus der Hand vom Hockeyleiter einen Erinnerungsteller mit Motiv des Jahres in 32 cm Großausführung, jeder einzelne Spieler dasselbe Motiv in der kleineren 12 cm Ausgabe. Die englischen Spieler von „Bishop´s Stortford HC" wurden für ihren dreizehnten Aufenthalt in der Badestadt mit großen Hockeytaschen ausgezeichnet.

Wie es so geht, auch die Gäste bringen ihre Geschenke mit. Da gab es viele Erinnerungsstücke – Wimpel, Teller, Tafel - für das HTC Clubhaus und auch etwas für die Ausgestaltung mancher Clubabende – ein Fässchen „Düsseldorfer Alt" zum Beispiel. Vor Probleme stellten die Spieler von Uhlenhorst Mülheim die HTC – Führung. Ihr Gastgeschenk – ein lebendes „original Ruhrgebietsschwein" mit dem besonderen Kennzeichen seiner Art: 4 Füße, vorne eine Steckdose und von weißer Farbe.

Nicht fehlen durfte der Auftritt der Gebietsweinkönigin, der „heimlichen Schirmherrin" dieser international auch unter den Namen „Rotweinturnier" bekannten Veranstaltung. Sie wusste den Gästen die Vorzüge des Ahrrotweines und des Ahrtals recht anschaulich zu vermitteln.

„Was wäre ein solcher Abend ohne einen Star?"   „Es wäre", so gab sich der Moderator, der auch durch den Abend führte, selbst die Antwort, „wie Hockeyspielen ohne Schläger". Dann kam er, Rocco Granata auf die Bühne. Vorher hatten die über 1.200 Gäste nur „Rocco-Rocco" gerufen, gar gebrüllt. Nach leichtem Kampf mit der Technik endlich, seine zu Evergreens gewordenen Ohrwürmer: „Marina" - „Marina", „Buena Notte", um nur zwei der berühmtesten zu nennen. Daneben gab es von ihm neue Titel und einen bunten Strauß italienischer Volkslieder. Die lautstark geforderten Zugaben waren der sichtliche Beweis für die gute Wahl, die man mit Rocco Granata, der sich übrigens nach seinem 25 minütigen Auftritt noch lange mit den Gästen privat unterhielt, getroffen hatte. Nach diesem Auftritt bei den Hockeyleuten erhielt er spontan von einem Frankfurter Spieler noch einen Auftritt in Rom. Dort hatte seine Gesellschaft beruflich etwas zu tun.

Rocco Granata singt seine Hits, Erno überreicht danach Geschenke.

Auf der Bühne ein Tor und die Band; „Die Peanuts".

Für die Tanzmusik zeichneten an diesem Abend „Die Dändies"n verantwortlich. Das Gedränge auf der Tanzfläche zeigte an, wie gut sie es taten. Traditionell gestalteten die Hockey – Aktiven einen großen Teil des Programms selbst, so auch an diesem Abend.

Der Altstadt-Boogie, dargeboten von den Spielern des HC Heidelberg, wusste ebenso zu begeistern wie das Hockeyballett des UHC Hamburg, das zu Can-Can-Rhythmen mit stacheligen Männerbeinen in zarten Dessous getanzt wurde. Die Darstellung des „Münchner im Himmel", diesmal als „Alois von Großgrundlach", durch die Spieler der Sportfreunde Nürnberg – Großgrundlach unterhielt die Ballgäste ebenso trefflich wie die Vorführung der neuen Hockey- und Tenniskollektion der Wiesbadener Aktiven.

Für den kulinarischen Rahmen des Abend sorgte einmal mehr in bekannter Güte die Crew des Hauses Steigenberger. Da gab es ein großes Buffet im Restaurant, Weinausschank in den Nebenräumen, wo als besondere Attraktion „Zigeunerswing vom „Duo-Bertram-Ensemble" als musikalischen Genuss gab. Es graute schon der Morgen, als die Letzten das Kurhaus verließen. Dass es so früh geworden war, hatte auch die rückwärtsgehende Uhr, ebenfalls ein Gastgeschenk, nicht verhindern können, aber wohl auch nicht sollen.   - Und ab 9 Uhr begannen wieder die Spiele - . Wie kann man so etwas nur schaffen?   . -rufi-

Teilnehmer: 59 Teams

Bishop's Stortford Hockey Club, England
MEP te Boxtel, Holland
Dutch Hockey Touring Team »D'n Draecken«
T.M.H.C. Forward, Holland
»de Graspepers« Drachten, Holland
Hockeyclub sHertogenbosch, Holland
HC »de Warande«, Oosterhout, Holland
HC Meerdaal, Belgien
Spvvg. Bad Homburg 05
HC Bad Honnef
SC Brandenburg, Berlin
Bodensee-Felchen
Schwarz-Weiß Bonn
Bonner Tennis- und Hockey-Verein
PSV Lippe Detmold
Deutscher Sportclub Düsseldorf
MSV Duisburg
Tennis- und Hockey-Abt. im ETV Eimsbüttel
Turnerbund 1888 Erlangen
Etuf Essen
SC »Frankfurt 1880«
Tuspo Fürth
Gladbacher HTC, Mönchengladbach

SF Großgründlach, Nürnberg
Deutscher Sportverein Hannover 1878
Die Heidelberger Knickerbocker
Eintracht Hildesheim
THC Hürth »Rot-Weiß«
TuS Iserlohn 1846
Karlsruher Turnverein 1846
KSV Hessen Kassel
Bully Bären Flöck Stöck,Köln
Rot-Weiß Köln, »Yellow Birds«
RTHC Bayer Leverkusen
Limburger HC
Hockey-Club Ludwigsburg 1912
Moerser Sportclub 1985
M.H.V. Jahn München
H.C. Wacker München
SC Preußen 06 Münster
Offenbacher Ruderverein 1874
Turnverein 1848 Schwabach
Travemünder Tennis- und Hockey-Club
HTC Schwarz-Weiß Troisdorf'
Wiesbadener Tennis- und Hockey-Club
Elberfelder Turngemeinde 1847, Wuppertal
HTC Bad Neuenahr 1920

48 Eine ganze Woche Skiaufenthalt in Stuben an Arlberg stiftete Leo Wickert den

Goldmedaillengewinnern von Peking.

Leo Wickert, in vielen Clubs in Deutschland zuhause, hat wohl nicht in der Nationalmannschaft gespielt, aber er hat in allen fünf Erdteilen den Hockeyschläger erfolgreich geschwungen. In manch einem Jahr hat er zweimal eine Hockeyweltreise mit den verschiedensten Clubs/Vereinen aus München, Hamburg, Berlin u.a.n. gemacht, dies gar sein ganzes Leben lang. Auf 160 verschiedenen Hockeyfeldern war unser Leo aktiv, darüber können wir nur staunen. Hockey und Ski sind sein Leben, auch als staatlich geprüfter Skilehrer hat er manch einem Sportler das Skifahren gelehrt.

Bei allen Hockeyländerspielen rief er an, wie hat diese oder jene Mannschaft gespielt. Auch ist er der jeweiligen Mannschaft sehr nahe gekommen. In München war er gar in der Halbzeit und nach dem Endspiel bei der Mannschaft. Als die deutschen Herren in Peking die Goldmedaille gewonnen hatten stand für ihn fest, ich selbst muss mich bei diesem Team persönlich bedanken. So organisierte er für die ganze Mannschaft ein Skiwochenende am Arlberg mit den Orten Stuben – Lech – Zürs – St. Anton auf seine eigenen Kosten. Leo kümmerte sich um Unterkunft, Verpflegung, Ski und Skilifte etc. Außer diesen noblen Taten hat er auch andere Mannschaften, ob jung oder alt, männlich oder weiblich, immer wieder unterstützt.

Da den meisten Goldhockey – Olympioniken auch das Skilaufen nicht fremd war, entstand daraus eine brillante Woche mit viel Freude, einschließlich des „Aprés – Skis.

----

49 Bundesligist SAFO Frankfurt gewinnt 26: 0 gegen den HTC Bad Neuenahr im

DHB – Pokal. Wie schon in der Bibel berichtet: David gegen Goliath.

Mehrere Spielrunden überstanden unsere Hockeyherren im DHB – Pokalwettbewerb zur Überraschung vieler Hockeyfreunde. Vor- und Zwischenrunde wurden erfolgreich überstanden. Als einziger Club der Verbandsklasse war man unter die letzten Vier im Wettbewerb mit den drei Bundesligisten gekommen. So war man plötzlich im Kreise der „Creme de la creme".

Im Pokalwettbewerb kamen wir in Deutschland unter die letzten 4, hier schieden wir gegen SAFO aus.

SAFO aus Frankfurt/Main reiste mit 18 Spielern, 2 Trainern, Betreuern und einem Bus mit Fans an die Ahr. Sie hatten sicherlich Angst vor einer überraschenden Niederlage. Beim Einlaufen und Einspielen schielten sie immer zu ihrem kommenden Gegner rüber, muss sich die Chancen in etwa auszurechnen. Die beiden Schiedsrichter kamen aus dem Saarland und konnten nicht verstehen, dass wir nur 7 Spieler kurz vor Spielbeginn um 11 Uhr hatten.

Als dann der verletzte Jan Mahler noch kam wurde mit unseren 8 Spielern dieses Hauptrundenspiel begonnen. Die Mannen um Mannschaftsführer Jens Heckenbach, Justin Hoerster und den anderen kämpften verzweifelt gegen die große Übermacht vom Mainufer. Die hatten verständlicherweise überhaupt keine Skrupel und gewannen gegen unsere, durch Krankheit, Studium und einem ca. 10 Minuten vor Spielbeginn erlittenen Autounfalls unseres Mittelstürmers Karsten Horn mit dem hohen Nachkriegsrekord von 26 : 0.

Nach dem Spiel saßen wir irgendwie bedrückt im HTC – Clubhaus beisammen. Der Clubwirt hatte ein Dreigangmenü aufgefahren, Getränke waren in Hülle und Fülle von uns aufgetragen worden und wir wollten uns hier von einem perfekten Gastgeber zeigen. Als wir den SAFO – Spielern erklärten, wäre diese blöde Situation andersherum gewesen, hätten wir bei einer evtl. Führung von 10 Toren „rückwärts" gespielt und nicht den Gegner brutal so „platt – gemacht". Ja, meinten die Frankfurter, das sehen wir jetzt auch anders und es tut uns leid. Es wurde dann doch noch eine relativ nette §. Halbzeit. Doch der Sieg mit 26:0 steht jetzt in den Annalen.

----

50 Racing club de Paris, zigfacher französischer Meister, war drei Tage durch die Familie Monschauer an die Ahr eingeladen worden.

Die zwei Siege gegen den deutschen Bundesligisten Rot – Weiß Köln mit 4:0 und gegen den HTC Bad Neuenahr mit 6:1 waren nicht alleine der Grund für die uferlose Begeisterung der französischen Hauptstädter bei uns hier an der Ahr. Die Familie Jacques und Ulla Monschauer, nebst Söhne Christian und Andreas, hatte den 20 Personen ein unvergessliches, sehr langes Wochenende beschert. Auch die Bundesligamannschaft von Stadion Rot – Weiß Köln kam dabei in den Genuss eines Supersamstages.

In Paris fahren die Mitglieder oft eine ganze Stunde und mehr, um auf ihre Superanlage mit den 3 Kunstrasenplätzen, 48 Tennisplätzen und 3 Golfplätze zu gelangen. Über 20.000 Mitglieder fühlen sie dort daheim. So staunten die Spieler von **RACING** gewaltig, als wir sie vom 4 ½ Sterne **SETA – Hotel** ohne Bus zum Spiel abholen wollten. Der Hockeyplatz lag nur ca. 400 m entfernt. Diese kurzen Wege in die große Ahrtherme, (oh – trés jolie!) oder die Spielbank, das kannten sie aus Paris halt nicht. Alles sei hier so niedlich, proper, sauber und super. Racing Paris ist 10facher französischer Landesmeister im Hockey und sie wollten gerne wiederkommen. Aber das wäre nur möglich, wenn die Familie Monschauer wiederum dann mit einem erneuten so unvorstellbaren Entgegenkommen dabei wäre. Die Schiedsrichter der beiden Spiele zwischen Racing Club de Paris und Rot – Weiß Köln sowie Racing und HTC B.N. waren Dipl . Ing. Joachim Schneider (Rheinbach) und Baron von Nordeck (Köln).

Bild oben: HTC   unten: Racing club de Paris.

51

Um Mitternacht mit dem Bötchen durch Paris

HTCler sahen sich in der Weltstadt um

Unvergeßlich und sicherlich für die HTC-Spielerinnen und Spieler und Gäste wird der Besuch in der Weltstadt Paris bleiben.

Müde, jedoch reich an Gefühlen und mit guten sportlichen Leistungen kehrte die Gruppe aus Ile-de France im Pariser Becken heim. Doch erst zu den Spielen:

Die Hockeyherren, unterstützt von Pallotti-Rheinbach Spielern, spielten 4:4 gegen die Mannschaft des größten französischen Sportclubs, die dritte Mannschaft von Racing Club de France, und waren einem Sieg nahe. Auf dem Kunstrasenplatz wurde bis zum berühmten letzten Schweißtropfen gekämpft und einfallsreich kombiniert. Jeder Spieler zeigte sich von seiner besten Seite. Nach schönen Kombinationen erzielte Peter Herschbach nach Vorarbeit von Klaus Steinbach Treffer Nr. 1, weitere Tore gelangen Michael Müller (2) und Michael Hofer.

Die jugendliche Mannschaft U 15 erreichte auf dem danebenliegenden zweiten Kunstrasenplatz mit 0:0 ebenfalls ein Remis, die U 17 verlor 0:5. Das Resultat täuscht, denn die Partie war ausgeglichen, doch beim Hockey zählen die Tore, und das Ergebnis ging schließlich in Ordnung.

Das Interesse der HTC-Tennisspielerinnen und -spieler galt dem legendären Stadion Roland-Garros. Von den 50 Fahrtteilnehmern besichtigten 30 die berühmten Plätze von Cochet und Lacoste.

Außer dem Sport wurde auch die Geselligkeit gepflegt. Kunst und Geschichte brachte den Teilnehmern Ulla Monschauer nahe. Sie studierte und lebt zeitweise in Paris. Mit ihrem ebenfalls tennis- und hockeybegeisterten Ehemann Jakob Monschauer kümmerte sie sich drei Tage und Nächte um die HTC-Equipe.Neue Erkennnisse und Erholung wußte das Ehepaar auf seine „unbezahlbare Art" zu vermitteln. Ihr Einsatz war unbezahlbar und beide schenkten den Fahrtteilnehmern etwas, was sie zeitlebens bereichert. Beide sorgten für eine Frequenz, die unvorstellbar Wissen, Erkenntnisse und Erholung in einem brachten. Fahrer Herrmann Adams hatte durch die Monschauers immer „grüne Fahrt".

Sohn Andreas Monschauer, Mitglied bei Racing (hier vor Jahresfrist als bester Nachwuchsspieler und Helfer feierlich geehrt) und auch im HTC, hatte maßgeblichen Anteil am Zustandekommen des deutsch/französischen Treffens. Andreas glänzte nicht nur mit sportlichen Leistungen, sondern auch als Fremdenführer und Funktionär. Die Eheleute Gisela und Dr. Wilbert Herschbach sowie Joachim Schneider aus Rheinbach betreuten die HTCler par exellence. Umsichtig, verantwortungsbewußt sicherten sie alle die 50-köpfige Gruppe sowie den mitfahrenden Ott-Clan und Rech-Clan in Paris.

Jeder wertet wohl nach der Fahrt die Erlebnisse aus seiner Sicht. Für den einen ist es die internationale sportliche Herausforderung gewesen, für andere die Bootsfahrt (Bateau Mouche) um Mitternacht, das Ersteigen des Eiffelturms oder von Sacrè Coeur, andere lebten wie Gott in Frankreich mit Baguettes und Rotwein, wiederum andere lieben jetzt Montmartre, die Champs'-Elyseè, den Louvre, das Schloß Versailles, die Opéra, Arche, l' Arc de Triomphe, die Pont-neuf, Grand und Petit Palais, den Bois de Boulogne, den Justizpalast oder das Studentenviertel Quartier-Latin. Beim T.G.V staunte der Ott-Clan und die Überraschungen, die Jakob Monschauer eingestreut hatte, gefielen immer.

Sportlich hielt Swantje Adams einige „Unhaltbare", Christian Kreidt hielt seinen Kasten rein. Christian Senk zeigte den Franzosen manchen tollen Trick. Daniel Kloth war ein Beispiel an Einsatz und Leistung in seinem Hockeyspiel. Ob etwas Wahres daran ist? Paris soll ja die Stadt der Liebe sein und das schien die Jugend wörtlich zu nehmen.

Für die gelungene Fahrt wurde in Notre Dame eine Kerze angesteckt und die Betreuer ruhten sich sekundenlang auf einer Bank der berühmten Pont-neuf aus.

Keiner konnte sich den Denkmälern, die sich „absolutistische" und „aufgeklärte" Regenten setzen ließen, entziehen. Zu groß ist die Zahl, zu imposant die Ausmaße: am Triumphbogen werkelten die Arbeiter fast dreißig Jahre und der Eiffelturm ragt gar über 300 Meter in den Himmel.

Paris- dich wollen wir wiedersehen, waren sich die HTC-ler einig.

Die Organisation lag bei Erno Mahler. Finanzielle Unterstützung der Fahrt durch die Teilnehmer selbst, Frau Gabriele Jaenecke, Frau Ilse Dittrich, Frau Hanni Kamps, den Tennis-Montagssenioren, der Stadt Bad Neuenahr-Ahrweiler, dem Kreis Ahrweiler, Land RPL, der Kreissparkasse Ahrweiler, der Jugendstiftung der Kreissparkasse Ahrweiler und beim HTC.

52 RTHC Bayer Leverkusen: Die früheren Olympiateilnehmer.

Früher waren wir immer so stolz die Bilder der RTHC Olympiateilnehmer in der alten Hockeyhalle zu Leverkusen, wenn wir mit unseren Mannschaften dort spielen konnten. Unsere Blicke gingen immer wieder dorthin. Diese guten Gefühle haben wir heute immer noch. Sicher geht es vielen Menschen ebenso, wenn sie dort sind. Die Namen dieser Olympioniken sind: Andrea Weiermann, Markku Slawyk

Corinna Lingnau, Dagmar Breiken und Susi Schmid. (Bild: Hans Jürgen Billig.)

RTHC marschiert

ein in Neuenahr.

53 Können eure Jugend B Jugendlichen überhaupt nicht sprechen?

Gegen Irlands – Damennationalmannschaft und gegen die der deutschen Mannschaft spielte unsere männliche Jugend B jeweils mit 2:2 Unentschieden. Außer mal ein Kopfnicken oder Handzeichen untereinander riefen/ sprachen die Jungens während der Spiele kein einziges Wort. Auch nach den Spielen verhielten sie sich absolut ruhig. Ich kannte diese Jugend B seit Jahren und wusste, sie waren stets immer sehr zurückhaltend und zollten auch den Nationaldamen ihren Respekt. „Können diese Jungen überhaupt sprechen?" wurde ich mehrfach gefragt. Doch - entgegnete ich, ich kenne sie seit langer Zeit, sie stecken ihre Kräfte lieber ins schnelle Laufen als ins laute Schreien; so waren ihre Trainingseinheiten stets von der ruhigen Art. Den Nationalspielerinnen gefiel diese zurückhaltende und sehr faire Spielweise sehr.

----

54 Leckere Pizzen ohne Ende für die B1 von .t. h. c. „Werde di" Tilburg, NL.

Fast eine ganze Woche waren die Knaben A und die „Jongen" auf ihren Hockeyreisen nach Tschechien unterwegs. An einem Donnerstag kam von dort ein Anruf bei uns an mit der Frage und Bitte: „Können wir auf unserer Heimreise bei euch an der Ahr noch ein Spielchen mit euren und unseren Teams machen?" Habt ihr dann auch für unsere Spieler etwas zum „Knabbern"? Meine Gedanken waren sofort, die sind da wo sie gerade sind, nicht richtig satt geworden. So sagten wir sofort zu, planten die kommenden Zusatzspiele und organisierten in unserem Clubhaus für die „Niederländer" die Essen. Beide Spiele verloren wir dann 3:4 und 1:3. Da wir seit ca. 60 Jahren mit den Tilburgern regen Spielverkehr hatten, war das doch selbstverständlich.

So kamen an verschiedenen Tagen jeweils 16 Jongen, 2 Trainer, 1 Physio und jeweils 2 Fahrer für die Kleinbusse. „Woher soll ich nehmen wenn nicht stehlen", dachte ich und verhandelte mit unserem freundlichen und sehr verständnisvollen Clubwirt, damit die Kosten nicht ins uferlose gehen sollten. Weil wir auch stets in Tilburg reichlich bewirtschaftet worden waren konnten wir auch nicht jetzt knauserig sein. Für einen günstigen Preis versprach der Wirt dann „Pizza ohne Ende" - bis alle satt wären. Dazu 2 Cola oder Limos und für die Erwachsenen noch ein alkoholfreies Bier und einen Kaffee.

Nach der ersten Runde der verzehrten Pizzen fragte der Wirt die Spieler, ob sie satt seien. „Oh – no", entgegneten die Spieler und der Wirt lieferte tatsächlich für jeden Jungen unglaubliche 6 Stück, nach und nach, bis sie alle gesättigt waren. Der Wirt hatte tatsächlich sein Wort gehalten. So konnten die Tilburger Betreuer ihre erst ausgehungerten Schützlinge dann doch noch satt zuhause abliefern.

55 <u>Spielerpässe</u> **sammeln und bei Hochzeiten oder anderen Festen verteilen.**

Ein eigenartiger Brauch ist es bei uns, die abgelaufenen Spielerpässe zu sammeln. Fast alle dieser Dokumente, ob Kinder-, Jugend- oder auch die späteren Erwachsenenspielerpässe können später noch viel an Freude bereiten. Wenn z. B. eine Spielerin oder ein Spieler später zum Traualtar tritt und dann später bei der großen Hochzeitsfeier wird so ein abgelaufener Pass mit dem früheren Bild herumgereicht, entsteht in der Regel viel Spaß. „Guck´mal, wie sie/er früher ausgesehen hat?" Alte Erinnerungen treten wieder hervor und nette Erzählungen beginnen. Besonders bei Jubiläen, je älter die Betroffenen, um so größer ist dann die Freude.

----

56 2.000 Liter allwöchentlich beim t.h.c. „Were di" Tilburger

Mit den Hockeyfreunden von SG Pallotti Rheinbach waren wir mal wieder in das benachbarten Holland nach Tilburg gereist. Zur Begrüßung versammelten wir uns alle, Gastgeber und wir, die Gäste, in ihrem kuscheligen Clubhaus. Erst bekamen wir leckere4n Tee und Wasser mit etwas zum Knabbern. Dann schon übergaben wir ihnen, wie es ja so üblich ist, ihnen unsere Gastgeschenke. Nach den fünf verschiedenen Spielen, je nach Altersklasse, versammelten wir uns erneut in ihrem Tilburger Clubheim. Wie waren wir alle so überrascht, was hatten die Holländer so alles für uns aufgeboten?

So ein liebevoll und reichhaltiges aufgebautes Büfett habe ich in einem Vereinshaus noch nie gesehen, 5 verschiedene Suppen, Snacks und Fingerfood ohne Ende wurden uns angeboten und gereicht. Süßigkeiten und Honigkuchen in größter Auswahl waren aufgedeckt worden. Um etwas zu lernen habe ich mir vieles gemerkt: Was war aufgeboten worden und insbesondere, wie hatten die Leute von „Were di" das alles so gekonnt platziert? Meiner Meinung muss doch alles sehr teuer gewesen sein. Doch, um so mehr ich heimlich rechnete und schätzte, merkte ich bald, wie viel an Erfahrungen die Gastgeber hatten. Auch an dem Aufbau der großen Tafel war ein regelrechtes Kunstwerk entstanden. Bei meinen weiteren Recherchen stellte ich fest, wie klug und verlockend alles platziert und dekoriert worden war. 10 verschiedene Brotsorten waren in Scheiben geschnitten und auf schrägen Regalen fast bis zur Decke aufgebaut worden. Salatblätter waren gekonnt mit Wurstwaren und Obst zu Gemälden kombiniert worden. Wir haben nur noch gestaunt.

Während alle Spielerinnen & Spieler beider Clubs beisammen saßen und später auch Lieder schmetterten, da nahmen mich zwei der Vorstandsmitglieder leise mit zeigten mir sehr stolz ihre letzte Neuanschaffung: Das war der **2.000 Liter - Biertank** in der Klubhausküche,der jeden

Montagmorgen von einer Brauerei sofort wieder aufgefüllt wird. Bei den vielen Damen- und Herrenmannschaften und nach den wilden und zünftigen Hockeyfeten, egal ob nach Sieg oder Niederlage, waren immer die vielen Bierfässer so schnell leergetrunken und mussten gewechselt werden. Das entfällt ja jetzt. Bei vielen holländischen Hockeyclub ist dies ähnlich so.

----

57 Bilder:

58 Hockeyspiele in London – Watford.

Mit ca. 70 Kindern und ihren Eltern waren wir in einem großen Bus auf die britische Insel gefahren. Wir hatten mit dem H:C. Watford dort die Termine festgezurrt und sind mit großer Erwartungshaltung dorthin gereist. Was wir bis dahin leider nicht wussten, in England beginnt eigentlich das dortige Jugendspielwesen etwas später mit den Altersjahrgängen; ab 12 bzw. 14 Jahren und später. Wir waren quasi mit dem dortigen **„Schulhockey"** verbunden. Die gemeinsamen Wettspiele waren wirklich ziemlich ausgeglichen und die vielen Spielfelder etwas bei dem Spielaufbau bescheiden gewesen. Doch die Herzlichkeit war umso größer der Gastgeber.

In Erinnerung ist wohl geblieben, wir kamen in dem schlimm, durch verantwortungslose rauchende Eltern, in dem verräucherten Bus wohl schon in der Nacht gegen 1 Uhr dort in London an, mussten dann noch ca. 60 km durch hell erleuchtete Geschäftsstraßen fahren und unsere Unterkunft finden. Das war mehr als schwierig. Gegen morgens gegen vier Uhr waren wir endlich da. Alle Teilnehmer waren total geschlaucht.

Für die Kinder war es damals ein Höhepunkt, mit unseren 70 Personen ein leeres Mc Donald ´s Restaurant alleine gefüllt zu haben.   (Der Bauch braucht auch seine Freude).

59 Mit einem Sportjournallistenehrenpreis wurde der FAZ – Reporter, Hans – Joachim Leyenberg (FAZ) geehrt.

Die unheimliche deutsche Serie im Hallenhockey

BAD NEUENAHR. Das muß doch wohl zu schön sein: Einmal im Leben gegen die deutsche Hallenhockey-Nationalmannschaft gewinnen. Das Vorhaben ist seit 1972 — dem Beginn der Zeitrechnung in diesem Sport — in 61 Länderspielen gescheitert. Das Torverhältnis von mittlerweile 827:230 spricht für sich. Beim Acht-Nationen-Turnier am Wochenende in Bad Neuenahr aber feierte die Konkurrenz erste Teilerfolge. Für Wales war das 2:2 zur Pause, Endstand 2:12, so etwas wie ein Hoffnungsschimmer am Horizont. Italien gar lag zur Halbzeit seiner Partie gegen Europameister Deutschland mit 5:4 in Front. Das 9:14 am Ende änderte wenig an der Hochstimmung bei den Gästen — sie fühlen sich im Kommen. Die Statistik der Deutschen verzeichnete bislang weder ein Remis noch einen Rückstand bei Halbzeit.

„Irgendwann muß sie ja mal kommen", prophezeit Bundestrainer Klaus Kleiter die erste Niederlage. Aber dieses „irgendwann" beschreibt schon die vage Aussicht auf eine Zufallspanne, denn immer noch trennen deutsche und andere Hallenhockeyspieler Welten. Das ist einmal der Vorsprung des Erfinders, dann der Ernst, mit dem zwischen Kiel und München diese Krummstab-Variante betrieben wird. In den Nachbarstaaten ist Hallenhockey mehr oder weniger winterliche Beschäftigungstherapie. Als Beispiel mögen die Gäste von Bad Neuenahr herhalten. Nie sind die Nationalmannschaften in der Halle identisch mit denen auf dem Feld. Die Engländer, in Europa die Nummer zwei, im Finale von Bad Neuenahr mit 3:14 unterlegen, hatten gerade drei ihrer besten von den Olympischen Spielen in Los Angeles dabei.

„Wär doch ein bißchen traurig, wenn wir mal verlieren würden", sagte der deutsche Kapitän Stefan Blöcher. Er dachte nicht national, er dachte sportlich. „Sie haben es nämlich nicht verdient." Es wäre ja auch betrüblich, wenn die professionelle Art und Weise, mit der hierzulande in den Hallen Hockey geübt wird, sich nicht auszahlte. Selbst fünf Neulinge im Aufgebot des Deutschen Hockey-Bundes (DHB) konnten der Überlegenheit nichts anhaben. Die Gladbacher Fastrich, Hilgers und Mayer sowie die Limburger Jung und Mollandin nahmen die Plätze von Schmidt-Opper und Gunst (Urlaub), Hänel und Fischer (Studium) ein. Blöcher sprach stellvertretend für alle, indem er feststellte: „Wir wollen nicht rumalbern, sondern voll konzentriert spielen, damit die Neulinge etwas davon haben." Das ist bei diesem jahrelangen Siegeszug leichter gesagt als getan. Da mag schon mal das Unterbewußtsein mitspielen; bis zur Halbzeit jedenfalls. Kleiter genügten schon erste Eindrücke von den Neulingen, um ansatzweise erkennen zu können, was einer technisch drauf hat, ja, ob er es auf lange Sicht schafft oder nicht.

Der Rest vom Fest gehörte dem Lokalkolorit. Natürlich hatten die Reisenden erst mal fragen müssen: Bad Neuenahr? Erno Mahler, Organisationschef und Hockey-Abteilungsleiter des HTC Bad Neuenahr-Ahrweiler, „hatte etwas für Hockey bewegen" wollen. Nachdem er sein Turnier in rosarot gesehen hatte, sind rote Zahlen geblieben, weil sich die Zuschauer doch sehr zurückhielten. Dabei hat Bad Neuenahr alles geboten außer der glorreichen Ungewißheit im Sport. Selbst Außenminister Genscher hatte kommen wollen, sagte aber per Autotelefon ab. Allein diese lose, drahtlose Begegnung beglückte die Veranstaltung. Wie ein Besesserer rückte Mahler der Geschäftswelt auf die Pelle, erst recht, als es eines Nachschlages zum Etat bedurfte. Die Herren Spieler verputzten an einem Abend, was für drei Tage reichen sollte. Ob Sieger oder Verlierer, mit den Beigaben wurden sie alle gleich bedacht.

Reisewecker und Bad Neuenahrer Wundertüte, freier Eintritt in die Spielbank, Thermalbewegungsbad, Kurgarten und jede Menge Pokale. Die Siegermannschaft bekam insgesamt drei Pokale sowie einen Schreibtisch als Ehrenpreis, den keinen aus dem deutschen Aufgebot glücklich stimmte. Die Nächstplazierten wurden fast beneidet: Ahrrotwein, Rauchfleisch, Koffer, Eifelfango und Ananastörtchen, gestiftet übrigens von Gustav Jaenicke, dem ehemaligen Tennis- und Eishockeyspieler, früher Berlin, jetzt, schon lange, Bad Neuenahrer. Wie heißt es doch im Vereinsporträt des rührigen HTC? „Wir sind ein ganz normaler Sportverein." Von wegen. Das Senioren-Tennisturnier ist größer als das Turnier in Wimbledon, was die Teilnehmer und was die Länge betrifft. Da ist dann noch das Hockey-Rotweinturnier für Senioren mit 56 Mannschaften, wo es für jedes Tor „Fleißkärtchen" für ein Gläschen Rotwein gibt, etwa 10 000 Gläschen pro Wochenende. „Es wird mehr aufgestiegen als ab" steht im Porträt. Mit dem Acht-Nationen-Turnier ist der Club in den Augen der anderen wieder ein wenig aufgestiegen. Vielleicht sogar in den eigenen.

HANS-JOACHIM LEYENBERG

Ganz auf Angriff ausgerichtet: Die deutschen Nationalspieler Hilgers, dahinter Fried (helle Trikots), im Spiel gegen Italien.
Foto Horstmüller

Bild der Ehrung:

100

1. Sieger: Hans – Joachim Leyenberg (FAZ), 2. Heinz Schumacher (RZ), 3. Kay Milner (GA).

J — Journalistenpreis:

Unsere „Idee" hat in der Journalistenfachpresse (Auflage in 62 Län
der versandt) große Aufsehen erregt: Der HTC zeichnete Journalisten
(1. Sieger Hans-Joachim Leyenberg, Frankfurter Allgemeine) aus

Die Idee wurde aufgrund der liebenswürdigen und großzügigen Un
terstützung unserer Hockeyabteilung durch die Presse in die Tat um
gesetzt.

Mit auf dem Bild: HTC – Vorsitzender Dr. Hartmut Ketz und damaliger Kurdirektor Herbert Rütten.

----

60 Über die Sorgenfalten des DHB schrieb die FAZ schon früher:

Weil die Fußball – Bundesliga alle anderen Sportarten so gewaltig überstrahlt, hat auch Hockey darunter zu kämpfen. Wenn fast ca. 100 andere Sportarten ihre besonderen Eigenarten ihrer Mitglieder wie Freundschaften untereinander, Leidenschaft, Liebe, spezielles Interesse haben, bleiben sie „Gottseidank" am Leben. Doch aufgrund fehlender Fernsehübertragungen, Rundfunkreportagen, weniger Presse ist das Geld knapp. Reisen, Trainer, Versicherungen und vieles mehr müssen bezahlt werden. So bleibt selbst für die

besten Sportler der einzelnen Verbände ein wenig Geldverdienen an ihrer Sportart fast unmöglich. Hans – Joachim Leyenberg (Frankfurter Allgemeine Zeitung) hatte schon vor langer Zeit diese Sorgenfalten des DHB beschrieben: Hier sein damaliger Bericht:

Wasser auf Mühlen der Hockeyfamilie

BAD NEUENAHR. Nach dem Dessert kam der Magier an den Tisch des Präsidenten des Deutschen Hockey-Bundes (DHB). Nicht in der Spielbank von Bad Neuenahr, sondern in einem Hotel ganz in der Nähe. Der DHB erweckt den Eindruck, als sei er wieder flüssig. Und das nach Jahren, an deren Ende stets rote Zahlen in den Bilanzen standen. Das ist keine Hexerei, sondern das Ergebnis „einer sehr bewegten Phase, in der viel umgebaut und viel organisiert wurde", sagte Christoph Wüterich, der Mann an der Spitze des Verbandes. An der Seite des Juristen aus Stuttgart saß mit Lambert Leisewitz, dem Geschäftsführer von Apollinaris & Schweppes, der entscheidende Mann des seit diesem Jahr neuen Hauptsponsors des DHB mit Firmensitz in Bad Neuenahr.

Ein Grund der Zusammenarbeit, „die zu uns paßt", war flugs formuliert: Premiummarke engagiert sich für Premiumsport. Die Ergebnisse von Sydney haben Zweifel aufkommen lassen, ob das Etikett nach wie vor für Hockey gilt. „Wir haben die eine oder andere Narbe davongetragen", gesteht Wüterich ein. Da war der Abschied von den Medaillenträumen, die Trennung von den Bundestrainern Paul Lissek (Herren) sowie Berti Rauth (Damen). Mit neuen Köpfen und neuen Konzepten soll „der Weg an die absolute Leistungsspitze zurückverfolgt werden". Wobei weder die neuen Bundestrainer Peter Lemmen (Damen) noch Burkhard Peters (Herren) revolutionär veränderte Rahmenbedingungen vorfinden. Der Nationalspieler bleibt Amateur reinsten Wassers. Der Kader für die Hallen-Europameisterschaft am kommenden Wochenende in Luzern bereitete sich am Dienstag und Mittwoch in Bad Neuenahr vor. Das wird bereits als Fortschritt angesehen. Bei den vergangenen Titelkämpfen reiste man nach Dänemark, trainierte kurz am Schauplatz und los ging's.

Auf lange Sicht gilt die volle Konzentration der Weltmeisterschaft im kommenden Jahr in Malaysia und den Olympischen Spielen 2004 in Athen. Lemmen propagiert für die Zukunft „eine frühere Talentführung, eine größere Zusammenarbeit mit den Vereinstrainern". Das deckt sich mit den Vorstellungen von Peters, der Christopher Reitz, Michael Green, Florian Kunz und Christoph Bechmann überredet hat, bis zur WM 2002 für Deutschland zu spielen. Auch der langjährige Kapitän Christian Mayerhöfer denkt über eine Fortsetzung seiner Nationalmannschaftskarriere nach. Für den vergrößerten Kader soll vor allem die „soziale Betreuung der Spieler neben ihrer sportlichen Laufbahn" verbessert werden. Davon wurde schon besonders intensiv geredet, als die deutschen Herren 1992 ihr Gold von Barcelona versilbert sehen wollten. Florian Kunz, der aktuelle deutsche Mannschaftskapitän, sieht die guten Absichten realistisch: „Vielleicht werde ich nicht mehr davon profitieren können."

130 Tage waren die Nationalspieler im Jahr 2000 in den Diensten der Nationalmannschaft auf Achse; in diesem Jahr werden es neunzig Tage sein – neben dem Bundesligaalltag. Der Aufwand neben Ausbildung und Beruf „übersteigt die Leistungsfähigkeit der Spielerinnen und Spieler einer Amateursportart." Darum spricht Wüterich gerne von „Werkzeugen", die entwickelt werden müßten, „um die mit dem Leistungssport verbundenen Defizite in schulischer, universitärer oder beruflicher Hinsicht aufzufangen oder zumindest abzumildern". Wie das geschehen soll? Mit Hilfe der Hockey-Familie. Leuten, die aus dem Hockeylager kommen, es im Beruf zu etwas gebracht haben und sich der Begabten annehmen.

Mit 61 368 Mitgliedern in 385 Vereinen ist die Familie überschaubar. Sie freut sich zwar über einen Zuwachs von neun Prozent im vergangenen Jahr, doch jenseits von zwölf Jahren sind auch Hockeyspieler eine „problematische Altersgruppe". Weil dann so mancher den Krummstock wieder in die Ecke stellt. Und dann sind da noch die Senioren, die zum Golf wechseln. Dazu kommt eine Konzentrierung auf die Großstädte und dort wiederum auf Großvereine.

In einem poetischen Werbetext sind Apollinaris und Hockey als „zeitlos" beschrieben worden. Dabei wollen sie doch mit der Zeit gehen. Genau das haben die Partner am Dienstag versichert. So zeitlos wie aktuell ist lediglich der Wunsch, die Zusammenarbeit zu vergolden. Bis 2004 haben sich die neuen Partner Zeit gegeben. HANS-JOACHIM LEYENBERG

13 Wer kennt schon Brasschaat, die Partnerstadt von Bad Neuenahr -

Ahrweiler?

Ca. 10 km von Antwerpen gelegen hat diese relativ kleine Stadt, mit ihren hunderten wunderschönen Häusern in parkähnlicher Landschaft gelegen, mit dem Hockeyclub, **„DRAGONS",** die beste belgische Hockeyvereinigung in ihren Mauern. Die deutschen Hockeyspielerinnen und Spieler vom UHC Hamburg, Alster Hamburg, die Mannheimer und die Rot – Weißen aus Köln sowie unser HTC Bad Neuenahr haben auf deren schönen Anlage die Hockeystöcke gekreuzt. Brasschaat ist auch der vornehme Ruhesitz vieler Leute aus Antwerpen und ein berühmter früher Torwart von Bayern München, Jean – Marie Pfaff wohnte jahrelang in einem parkähnlichen Schloss dort.

Wer kennt schon Brasschaat, die Partnerstadt von Bad Neuenahr – Ahrweiler? Ca. 10 km von Antwerpen gelegen hat diese relativ kleine Stadt, mit hunderten wunderschönen Häusern in parkähnlicher Landschaft gelegen, mit dem Hockeyclub „DRAGONS" die beste belgische Hockeyvereinigung in ihren Stadtmauern. Die HockeyspielerInnen von UHC und Alster Hamburg, die Mannheimer und die Rot – Weißen aus Köln sowie unser HTC B.N. haben auf deren Anlage die Hockeystöcke gekreuzt. Brasschaat ist der vornehme Ruhesitz vieler Leute aus Antwerpen und ein berühmter früherer Torwart von Bayern München, Jean – Marie Pfaff wohnte jahrelang in einem parkähnlichen Schloss dort.

----

62 Eine zweiseitige Geschichte ist es, auf Punktespiele zu verzichten.

Früher war es menschlicher: Man musste keine Strafe bezahlen, wenn man mal ein Punktespiel ab-geschenkt hatte. Wir haben früher fast jedes Jahr dem Verband mitgeteilt, an dem oder dem Termin können wir mit keiner Mannschaft zum Meisterschaftsspiel antreten. Der Grund war dafür: Jedes Jahr stand eine Jahresfahrt ins Ausland, (Holland, Belgien, Frankreich, Luxemburg) oder zumindest zum Freistaat „Bayern" auf dem Programm. Wir sind dann mit dem großen Bus z. B. nach London, Paris, Amsterdam, Tilburg oder unser Berlin gefahren. Später hatte uns dann der Verband für das Fernbleiben im Meisterschaftsbetrieb mit Bußgelder bestraft. Und wir kamen dadurch natürlich auch nicht zu Meisterehren in irgendwelchen Klassen.

Jetzt in einer Nachbetrachtung bin ich immer wieder erstaunt, wenn alle die ehemaligen Spielerinnen oder Spieler von früher erzählen. Da hört man, wo sie alle gewesen sind, was sie alles in der Nacht im Hotel oder Jugendherberge oder in den privaten Unterkünften erlebt haben, wie wenig sie von den Gastgebern in der fremden Sprache verstanden haben. Es wird fast immer von den Auslandserlebnissen erzählt. Die Sprachgrenze tat ihr übriges. Was alles ist in der Ferne oder im Bus passiert, dies ist fast ein Fass ohne Ende. Natürlich verklärt sich die Erinnerung mit einer gewissen Zeit. Wir haben schon früher erkannt, lieber einmal rüber nach Holland als immer wieder zu den selben Clubs. Vielleicht sehen viele Hockeyfreunde das anders, wenn sie ihre gewonnenen Meisterschaften erkennen.

Eine kleine Gruppe im holländischem Scheveningen.

63 Bilder: Hubschrauberflug zum Düsseldorfer HC für den dortigen Oberbürgermeister Erwin und den Autor zwecks Verbesserung der Anlage. Organisation: Ingolf Rayermann.

----

64 Die Hausmeister unserer Sporthallen meinten:

an den Autos der Leute, die auf die Parkplätze ihrer Sporthallen am Wochenende anfahren, die „Sportart" erkennen zu können, die am Wochenende bei ihnen zu Gast sind, bzw. waren. Wie werden die das gemeint haben?

65 Schmutzige Sporthallen:

Leider gab es eine Zeit und die gibt es immer noch, wo die Kommunen das Hallenaufsichtspersonal einsparten bzw. einsparen mussten. So ist und war es nicht verwunderlich, dass manche Sporthalle extrem schmutzig waren und immer noch sind. Ohne Hallenwarte gibt es keine besondere Sauberkeit und Hallen verschmutzen einfach früher. Was hat man alles schon gesehen:? Graffiti an den Wänden in den Fluren, blank liegende elektrische Leitungen, verstopfte Toiletten, umgekippte Joghurtbecher unter den Tribünen, weggeworfener Abfall usw. Aber es immer eine Freude, wenn kluge Verwaltungen und fleißige Hallenmitarbeiter für ein gutes und schönes Umfeld sorgen. Sauberkeit ist eine Zier.

66 Nächtliche Autokontrolle in München:

In welchen der vielen Clubhäusern wir gefeiert hatten, das weiß´ ich heute nicht mehr. Wir waren damals noch ehrgeizig und haben wohl wüst gefeiert, musste aber nicht immer der Alkohol dabei im Spiel gewesen sein. Nachts gegen 2 Uhr wurde ich auf dem Parkplatz vor dem Clubhaus von zwei Polizeibeamte kontrolliert. „Haben sie was getrunken und die Fahrzeugpapiere, bitte!" Führerschein und Fahrzeugpapiere hatte ich natürlich mal wieder nicht bei mir. Ich versuchte kundzutun, überall zu suchen, derweil mich ein Polizeibeamter mit leichten Schikane-versuchen ablenkte: „rechter Winker an, linker Winker, Abblendlicht, Volles Licht, Bremslicht, Rückfahrscheinwerfer einschalten und so weiter". In dieser Zeit hat der Kollege sicherlich über meine Auto – Nummer in „Flensburg" und sonst wo nachgefragt, wer ich sei und ob etwas gehen mich vorliegen sollte. Dann wurde von mir verlangt vor und rückwärts zu fahren. Der mich kontrollierende Polizist verlangte von mir immer wieder, ich sollte doch mal in meinem Handschuhfach nachsehen. Beim Öffnen dieses Fach sah er ein christliches Buch liegen mit dem Buchtitel, „Christus auf der Reeperbahn" von Pater Leppich. Sofort rief er seinem Kollegen zu: „Bei dem hier ist alles bestens in Ordnung, den müssen wir fahren lassen!" Pater Leppich war ein Jesuitenpater und war zu dieser Zeit in Deutschland durch seine Predigten auf Marktplätzen und Sportplätzen einfach in aller Munde. Ich musste also an einen frommen Polizeibeamten aus Oberbayern gekommen sein. Er sagte noch, dass es ihm leid täte, mich angehalten zu haben.

----

67 Die <u>Bodensee – Felchen"</u>, ein toller Hockeyclub mit Flair.

Bekannt ist ja in Deutschland, im Schloß Salem, einem besonderen Internat wird seit Jahrzehnten Hockey gespielt. Viele ehemalige Absolventen haben auch später in den Flugzeugwerken Dornier und in anderen Werken und Dienststellen in der Umgebung von Deutschlands größtem See, ihre Berufung und ihren Beruf, gefunden. So war es zwangsläufig so, dass diese ehemaligen Schüler und Studenten ihr liebgewonnenes Hobby, den Hockeysport, weiterhin leben wollten. Unter anderen mehr war der Flugzeugingenieur Knut Albrecht und seine Freunde bereit und fähig, den Club „Bodensee – Felchen" mit Leben zu erfüllen.

Jüngere und ältere Hockeyfreunde trafen sich seit Jahrzehnten zu ihrem Sport. Sie organisierten Turniere und besuchten auch solches in nah und fern. Dabei haben sie nach Absprachen mit Bürgermeister und Landräten auch die besondere „allemannische Fastnacht" überall in deutschen Lande bekannt gemacht, wenn sie z. B. auf großen Turnierveranstaltungen mit ihren Kostümen und besonderen teuflischen Masken vor den dortigen Gastgebern aufgetreten sind / waren.

68 Mein persönliches Hockey mit „München".

Jeder Mensch, der irgendwo, in einem Land oder in einer Stadt etwas erlebt oder gemacht hat, erinnert sich an Gegebenheiten, auch wenn es lange Zeit zurück liegt. Oft genügt ein Wort, ein Lied oder sonst etwas, und man weißt, was es damals dort war. Wenn ich zum Beispiel an die Stadt München denke, fallen mir schnell vergangene Geschichten ein: z.B.

a) Bei einem der bekannten Oktoberfest – Hockeyturniere von Wacker und dem ESV war ich nach einem lange Spurt nach einem Ball urplötzlich zusammengebrochen. Das Spiel war sofort unterbrochen worden. Kurz vor Schluss durfte ich wieder auf das Spielfeld zurückkehren.

b) Bei einem anderen Turnier sind wir in den Münchener Norden zum „Aumeister" gefahren. Wir tranken natürlich im dortigen Biergarten manches Maß. Vor dem dortigen Biergarteneingang standen Pferdekutschen, ohne die dazu gehörigen Kutscher. Es war schwül und sehr heiß. Uns taten die Pferde leid. In unserem dummen Köpfen haben wir den Pferden mehrere Maß vorgehalten und sie tranken dankbar. Ob es böse dann später mit den Pferden in deren wirren Köpfen ausgegangen ist, ist unbekannt. Es war aber keine gute Idee von uns gewesen.

c) Am Vorabend vor einem anderen Turnier bummelten wir abends über die berühmte Leopoldstraße. Dort hatten die weltbekannten „Schwabinger Künstler" ihre Stände aufgebaut, um ihre Bilder und sonstigen Arbeiten an die Passanten zu verkaufen. Unsere Mannschaft hatte es sich dort in einem Straßenrestaurant gemütlich gemacht. Einem der Künstler hatte ich eine Maß versprochen, wenn er sich zu unserer Mannschaft setzen würde und ich an seiner Stelle an seinem Verkaufsstand seine Bilder anpreisen wolle. Ich wollte mal erkunden, wie sich so Künstler an seinem Stand fühlt, wenn er auf Käufer wartete.

So stand ich lange einsam wartend auf die ersten Käufer. Ich spielte ja den armen Künstler. Zwei Stunden lang tat sich nichts. Da kam plötzlich eine elegante Dame, schaute mir in die Augen und zeigte auf die Bilder, ohne die überhaupt geprüft zu haben und wollte diese erstehen. Sehr aufgeregt suchte ich nach Einwickelpapier. Unter einer sehr heißen Petroleumlampe lagen alte Zeitungen. Hastig wollte ich die hell leuchtende und glühend heiße Lampe wegstellen, da war es geschehen. Meine Finger waren an dem Lampenschirm so schnell und schlimm verbrannt, am nächsten Morgen konnte ich den Schläger beim Spiel nicht halten.

d) So um die 20 Jahre sollte ich gewesen sein. Freund Leo war an der Münchener TH. Es war sehr heiß. Ich nahm seinen Hockeyschläger und ging zu einem Hockeyfeld. Alleine wollte ich mein „Weit-schlenzen" des Balles üben. Von einem Schusskreis schoss ich den Ball zum anderen. Hin und her zu laufen oder zu wandern in der Hitze war nicht gerade ein schönes Spiel machen. Nach ca. 2 Stunden kam ein junger Mann mit seinem Auto, auch er hatte einen Hockeystock bei sich und fragte mich, ob er mit mir dieses Schlenzen auch üben dürfte. Ich freute mich natürlich. Später sagte er mir auch seinen Namen, es war einer der Gebrüder Waldhauser, die beide dann später in der deutschen Nationalmannschaft gespielt haben.

69 Olympia München 1972

Wenn die Gedanken zu diesen olympischen Spielen 72 wieder ins Gedächtnis kommen sehen wir alle, die gemeinsam zum Zuschauen hingefahren waren, vermummte Gestalten, die sich im olympischen Dorf, in den Häusern des „Helene-Meyer-Ringes" verschanzt hatten und israelische Sportler töteten. Unser Freund hatte später in einem dieser Häuser, wo vorher die amerikanischen Leichtathleten gewohnt hatten, sich eine Wohnung gekauft. Daher ist uns das alles immer so präsent.

Vor dem schlimmen Attentatsverbrechen hatten wir uns gemeinsam das Hockeyendspiel Deutschland gegen Pakistan angesehen. Wir feuerten unsere Nationalmannschaft mit allen unseren Leibeskräften kräftig unentwegt an, schrien immer wieder: „Alle aufrücken!!!!", als seien wir der damalige Nationaltrainer Delmes. Unsere deutsche Mannschaft war das klar bessere Team. Nach dem heißersehnten Strafeckentor lagen wir uns alle in den Armen. Es war die dritte Strafecke für unsere Mannschaft gewesen. Dreimal waren die Ecken von den Pakistanis abgelaufen worden.Vor der 4. Strafecke gab es eine kurze Beratung vom späteren Goldtorschützen Michael Krause mit Carsten Keller und Uli Voss. Sie hatten sich vorgenommen, statt einer klugen und geübten Kombination direkt in die Standardecke zu schießen, aber nur viel härter – viel schneller. Es klappte wie am berühmten Schnürchen. Carsten hatte den Ball auch schneller hereingegeben. Uli Voss war noch mehr in den Schusskreis eingedrungen und Michael schoss einfach schneller und präziser.Es hatte so geklappt wie bei den vorher geübten tausenden von Trainingsversuchen. Und Deutschland hatte die ersehnte Goldmedaille. Der hohe Favorit Pakistan konnte das kaum aushalten, sie rannten laut schimpfend durch die Gegend, gratulierten dem Sieger nicht, schleuderten bei der Siegerehrung lustlos und respektlos ihre gewonnene Silbermedaille umher.

Wir rannten den „Goldjungen" nach in deren Umkleideräume und gratulierten jedem der Spieler unentwegt. Niemand hat uns aus der Umkleide hinaus geschickt. So eine persönliche Begegnung wäre heute nicht mehr möglich. Wir hatten eine tolle Zeit damals.

Jahre später zeigten die deutschen Spieler den pakistanischen Spieler, die Situation war etwas herumgedreht, wie sich faires Verhalten anfühlt. Da hatten sie es verstanden und nun ist wieder Freundschaft zwischen den beiden Hockeynationen.

70   Drei Zähne verloren:

Spiel gegen Wacker München auf ihrem schön Platz. Heißer Samstagnachmittag, eigentlich ein schönes Spiel. Dann ein Press-Schlag mit einem Wackerspieler. Der Ball zischte hoch. Ein kurzer Schmerz, drei weiße Zähne flogen auf den sattgrünen Münchener Rasen. - - - Totenstille. - - - . Dann ein lauter Ruf im bayrische Tonfall: „ Jo – mei - san des die Echten?" Immer noch Totenstille auf dem Platz. Und der Weg zur Zahnklinik dauerte und dauerte. Und der Erfolg dort, war auch nur mäßig. So hatte der Geschädigte noch Hohn und Spott auszuhalten, als im Grünwalder Schloßhotel er seinen Maß Bier mit einem Strohhalm trinken musste.

71 Zwei Etagenbetten brachen zusammen bei „Jahn München".

Beim Clubwettkampf bei „Jahn München", (mittlerweile mit dem ASV München fusioniert), waren wir mit Jugend-, Knaben A/B und den Mädchen A/B angereist. Viele Jahre war dort gerne ein lieber Besuch angesagt. München hatte ja auch mit dem „Münchener Museum" ja eine besondere Attraktion anzubieten, die alle unsere Mitglieder kennenlernen sollten. Darum fuhren wir auch Jahr für Jahr zu diesem netten Verein hin.

In diesem Jahr waren auch 30 Eltern mitgereist. Wie sollten alle Kinder und die vielen Eltern im alten „Turnvater-Jahn-Heim" mit den doppelstöckigen Holzbetten unterkommen? Obwohl manche Eltern nur schicke Hotels kannten und noch nie in einer Jugendherberge oder in einem Sportlerheim genächtigt hatten, war die Begeisterung riesengroß. Alle wollten auch, dem leckeren bayrischen Bier sei gedankt, nicht voneinander weichen. Beim ersten Anblick der Hochbetten im altehrwürdigen Gemäuer ungläubiges Erstaunen. Hier sollen wir nächtigen? Doch der Spaß, die Freude war stärker. Die Eltern wollten sich keine Blöße geben und willigten schließlich ein.

Es kam wie es kommen musste: Die Kinder wollten unten in den Etagenbetten schlafen, so mussten die Eltern, die Mamas und Papas, auch nicht mehr so jugendlich und schlank, mit Mühe und starkem Gelächter sich nach oben bemühen. Und weil manche Mami oder Papi nicht mehr so schlanke Hüpfte für eine Novizin hatten, krachten mit Getöse gleich zwei Hochbetten auf die unten liegenden Kinder. Zum Glück war außer dem Schrecken nichts anderes passiert. Aber das ungläubige Staunen der Eltern sehe ich heute noch.

72 Leo störte ständig die Filmaufnahmen

Im „Jahn – Heim", des Münchener Vereins „Jahn", hatte auch eine Filmfirma gestattet bekommen, auf dem gesamten Sportplatzgelände und im Clubheim Aufnahmen für einen Fernsehfilm zu drehen. Als Hintergrund wurden wir einfach als Statisten in das Filmgeschehen eingebaut. So fühlten manche von uns sich als Filmschauspieler und machten das Spiel zur Gaudi einfach mit. Unser Leo, auch Mitglied bei „Jahn München", kannte sich auf dem Gelände ja bestens aus. Ihn hatte wieder der Schalk gepackt und er machte sich einen Spaß daraus, immer wieder durch verschiedene Türen oder Fenster zu klettern. Immer wieder hörten wir: „Klappe zu" - „Neue Einstellungen"! Leo hatte seine Freude daran, die Filmleute einfach zu stören. So mussten z. B. auch die Gebrüder „Wepper" nachsitzen und länger bleiben.

73 Probleme einmal bei der Heimfahrt mit dem Zug.

Wir waren ein anderes Mal mit dem Zug nach München gereist. Bei der Rückfahrt am Münchener Hauptbahnhof warteten Bernd Eixmann und der Autor lange auf die Mannschaftskameraden der Herrenmannschaft. Sie hatten noch am Kiosk ihr letztes

bayrisches Bier getrunken, es war da schon etwas später geworden und auch aus diesem Grunde fanden sie nicht mehr den richtigen Bahnsteig. Bernd und ich saßen schon im Zug und riefen aus dem geöffneten Zugfenster immer wieder nach den Kameraden. So fuhr der Zug – wir hatten wohl die Fahrkarten von allen Mannschaftskameraden bei uns – ohne diese ab. Die restlichen Freunde nahmen dann von einem anderen Bahnsteig ebenfalls einen Zug in Richtung Norden, der 5 Minuten später abfuhr; jedoch ohne die Billetts. So mussten wir den Schaffner bitten, seine Kollegen im anderen, nachfolgenden Zug, zu informieren, wie der Stand der Dinge war. Dieses kleine Problem wurde wohl nach Stunden gelöst, was uns aber die Rückreise nach Hause spannend machte.

74 Gleich zwei Münchener Reisemannschaften hatten bei uns zugesagt.

Bei unserem „Winzerfestturnier" hatten gleich bekannte zwei Münchener Reisemannschaften zugesagt. Wie der Name schon sagt, gibt es an der Ahr den legendären Ahrrotwein.

Den beiden fröhlichen Teams, „Die Krähen" von Rot – Weiß München und den „Müttern" der Münchener Hockeyvereinigung „Jahn", hatten wir einen Winzerfestzugwagen bauen lassen, auf dem die beiden Teams durch die Altstadt von Ahrweiler gefahren wurden. Stimmungsvoll warfen sie ihre „Kusshändchen" den tausenden Zuschauern am Wegesrand zu.

75 Nach dem Hockey zum „Heiligen Berg" zum Kloster Andechs.

<u>„Ohne Licht auf der Autobahn?</u>   Bei Hockeywettspielen in München lockte uns Leo immer wieder auf den sog, „Heiligen Berg von Kloster Andechs. Bei unserem damaligen ersten Aufenthalt dort waren wir wirklich toll begeistert und die Zeit am Nachmittag verging wie im Fluge. Mittlerweile war es Abend geworden und ich als Fahrer drängte immer wieder zum Aufbruch. Aber wie das so ist, der Alkohol bremste unsere Mannschaft und ich warnte immer wieder: „Kommt, wir müssen noch 600 km heimfahren!" Und es wurde später und später.

Gegen ca. 22 Uhr hatte ich sie alle in unserem clubeigenen Kleinbus beisammen. Die ersten Kilometer in die hereinbrechende Nacht ging noch zufriedenstellend gut, obwohl wir uns nicht dort auskannten und ein Navigationsgerät gab wir noch nicht. Der Mond wurde bald von Wolken total verdeckt und es wurde dunkler und dunkler; und schließlich fast alles ganz schwarz.

Da – plötzlich fiel die komplette Lichtanlage aus! An Halten auf der Autobahn war nicht zu denken. Wo ist der Seitenstreifen – wo die Leitplanken?? Ein PKW überholte uns in diesem Moment. Um Gottes Willen – was soll ich tun??? Die Gedanken gingen hin und her. Wo kann ich doch anhalten? Soll ich nicht doch noch hinter dem Vordermann bleiben? So wollte ich Zeit gewinnen und wartete auf den göttlichen Einfall. Zum Glück war die nächtliche Autobahn ziemlich leer, mein Vordermann konnte mich gar nicht hinter sich wissen. Er fuhr ca. 70 km schnell. Was soll ich tun? Im Kleinbus Totenstille. Wir fuhren und fuhren und nach ca. 200 oder 300 km endlich wurde es ein wenig heller. Wir waren fast bis zum Hunsrück durchgefahren, bis wir eine ausfahrt fanden. So mussten wir die restlichen Stunden auf einem Randparkplatz warten, bis irgend eine Tankstelle uns helfen konnte. Wir hatten wohl einen guten Schutzengel, der uns beschützt hatte.

----

76 Autogramme vom <u>CHINESE HOCKEY TEAM:</u>

CHINESE HOCKEY TEAM

2004.6.20

Das Team China zieht in das vornehme „Hotel Elisabeth", (Familie Regeling), ein.

Die China – Fahne vor dem Hotel und ganz oben am Hotel das Begrüßungsschild.

77 Neuseeland bei uns...

Einmarsch „NZL" 2004

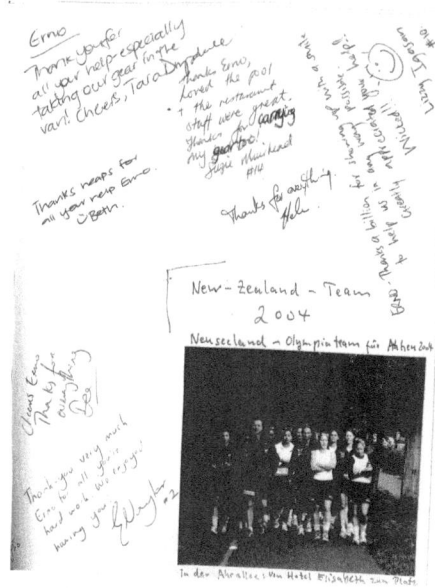

New - Zeeland - Team
2004
Neuseeland - Olympia team für Athen 2004

In den Abraken vom Hotel Elisabeth zum Platz

Zweikampf im Apollinarisstadion
Bad Neuenahr - Ahrweiler
- vor der Auswechselbank -
2004

Mario Mahler mit Minis in Nymwegen

78 Bilder: Argentinien im Apollinarisstadion und beim Bankett:

Im
Apollinarisstadion

2:2

D = ARG

Beim
Bankett im
„Hotel Astoria"

nicht nur
hübsch –
ja schön

79 Frankreich: Autogramme der Herren.

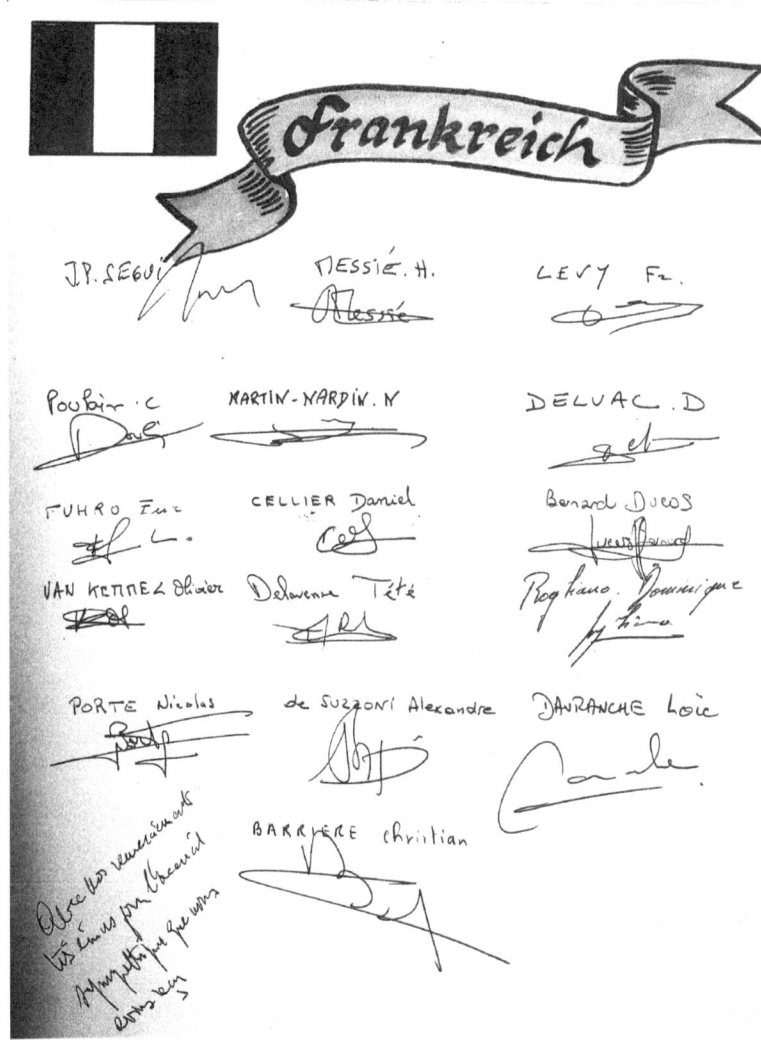

80 England: Autogramme der Herren

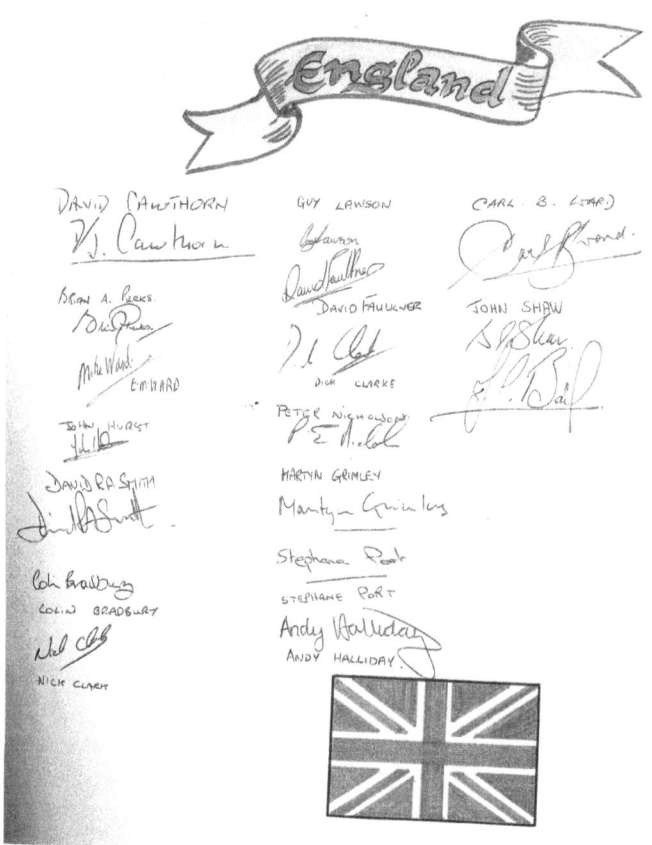

81 Deutschland: „Goldmedaillengewinner" danken fürs Goldfest.

LIEBER ERNO,

DIR AUF PAPIER für DIESEN UNVER-
GESSLICHEN TAG ZU DANKEN, IST
SCHON FAST UNWÜRDIG! TROTZ
ALLEDEM, VERSUCHEN WIR UNSERE
GEFÜHLE IN WORTE ZU FASSEN.
EIN TAG WIE DIESER, ZEIGT UNS
ERST, WAS WIR ERREICHT BZW.
GESCHAFFEN HABEN. DIE HERZLICHKEIT
MIT DER WIR IN BAD NAUENAHR

82 Auswahl versch. Bilder „international":

(second row, from left). Wolfgang Bröddler, Marion Theus, Birgit Hagen, Dagmar Brelken, Gaby Appel, Eva Pegels, Gaby Schley, Ulrike Diehl, Reinhold Buschhaus
(first row, from left). Ulla Thielemann, Martina Koch, Birgit Hermann, Karola Wegner, Elke Drüll, Corinna Lingnau, Steffi Bürger, 1

Deutsche Damen erhielten vom HTC – Uhren und Handtücher

83 Auswahl verschiedener Bilder   „aus dem eigenen Club".

84 Allerbester Rotwein – auch für die Olympiasieger von 72

Sehr glücklich waren die Hockeyleute aus Berlin-Hamburg-Köln-München-Wiesbaden

Diese Dreitagesveranstaltung verlangt nach baldigster Wiederholung, dies war der Tenor einer sehr zufriedenen Gästeschar aus deutschen Hockeyhochburgen. Der Berliner Mannschaftsführer sprach das aus, was viele bewegte. Altclubmitglied **Leo Wickert** hatte seinen Club sportlich, organisatorisch und insbesondere finanziell **unterstützt,** Musikband, Gastgeschenke, Essen & Trinken im tiefen Weinkeller und in der anheimelnden Lourdeshütte im Wald setzten hohe Maßstäbe, ein fünfstelliger Betrag wurde überschritten.

85 „Klein Zwitserland" - Hockey Club   / So schön in Holland.

Der dortige Empfang durch die Gastgeber war so herzlich und so rührend. Die Knaben und Mädchen Spieler mit ihren Eltern merkten sofort, diese natürliche Hockeyfreude in Holland ist von niemanden zu überbieten. Nach den spielen steigerte sich die Herzlichkeit nochmals, gepaart mit einer für Hockey typischen Fröhlichkeit.

Vor den Spielen gab es den üblichen Wimpeltausch. Der HTC hatte sich mächtig ins berühmte Zeug gelegt und für die Kinder und Jugendliche viele Kästen verschiedener Limonaden und Cola mitgebracht, für die Erwachsenen gab es den beliebten Rotwein von der Ahr, der Kur- und Verkehrsverein hatte verschiedene Werbegeschenke mitgegeben und die Gäste hatten selbst Kuchen mit auf die Reise genommen.

Vor dem offiziellen Hockeymatch unter <u>Flutlicht</u> am Abend auf dem schönen dortigen Hockeyplatz, (das Fernsehen hatte schon für ein Länderspiel am nächsten Tag ihre anlagen aufgebaut), war die gesamte HTC Crew in Scheveningen gewesen.Der lange und berühmte Pier ins Meer hinaus mit den Attraktionen dort hatte es selbst den kleinsten Hockeyspielern angetan. Es folgten Plätschern mit den Füßen der hereinkommenden Flut, Sandburgen bauen und Fußballspielen im Sand.

Die Hockeyherren waren mit 2:0 durch die Tore von Andreas Monschauer und Karsten Horn in Führung gegangen. Michael Müller und Benjamin Vins hatten die Vorarbeit geleistet. Bis zur Halbzeit konnte der HTC das 2:2 Unentschieden halten. Nach der Pause gab es Schwerstarbeit für den Torwart Christian Kreidt. Die Abwehr um den schnellen Mirko Perra und die gute Partie von Bastian Meier auf dem Liberoposition, den er sich klug mit dem Mittelfeldstrategen Michael Müller teilte. Die Herren von Klein Zwitscherland wurden immer stärker und siegten schließlich mit 7:3.

Die Knaben B und C sowie die Mädchen spielten prächtig, Gastgeber und Gäste hatten je zwei Siege.

86 Wer hatte mehr?   Die Hockeyabteilung oder die Tennisabteilung?

Denke, es hat letztlich niemand im Club interessiert, wer öfters zu Fernseh- oder Rundfunkehren gekommen ist. Viele haben vielleicht kurz einmal gestaunt, wenn sie gesehen haben, da ist ein Übertragungswagen auf der Clubanlage oder im Sporthallenbereich. Oder sie haben es selbst im Radio gehört oder im TV, wenn der Club soviel an Aufmerksamkeit bekam oder auch nur gehört oder gesehen.

Die Tennisabteilung hatte in den frühen 1948er Jahren das Radio vom SWF hier zu Gast und die Hockeyspieler gegen 1953, als der Leipziger Sportclub hier an der Ahr ein Wiedersehen für die in aller Welt verstreuten Clubmitglieder organisierte. Auch die frühen internationalen Bad Neuenahrer Tennisturniere wurden vom SWF übertragen. (Später wurde der SWF in den SWR unbenannt). Als die Tennisweltelite direkt von Wimbledon regelmäßig nach Bad Neuenahr kam, war das Fernsehen ein ständiger Gast. Mal wurde das Thema im sportliche Bereich aufgearbeitet, mal mit den Augen von Älterwerden und Gesundheit gesehen. In letzter Zeit ist das Fernsehen bei den Tennisseniorenmeisterschaften rar geworden, selbst die großen Zeitungen wie DIE WELT, FAZ oder die Süddeutsche Zeitung bringen jetzt weniger über die Sportlerinnen und Sportler im höheren Alter. Die Tennisabteilung unseres HTC Bad Neuenahr 1920 e.V. kann sich aber anrechnen lassen, die **Tennis - Weltmeisterschaften ab 35, 40, 45 und 50 Jahren** sehr erfolgreich organisiert zu haben und auch dadurch zu Fernsehehren und Rundfunkehren gekommen zu sein. Die letzte TV – Übertragung wurde von der WDR – Lokalzeit aus Bonn vorgenommen.

Die Hockeyabteilung des HTC B.N. kam zu Fernsehehren sowie Rundfunkehren aufgrund zweier **Europameisterschaften, Hochschulmeisterschaften und internationalen Turniernieren wie auch offiziellen Länderspielen von:**

TV: ARD, ZDF, RTL, SAT 1, WDR 3, WDR 2 SWF 1, SWR 1, 3, und 4, NDR, Bayrischer Rundfunk, Saarländischer Rundfunk, MDR, BBC, France 2, ORF, Australien TV und Radio, sowie von vielen anderen Sendern, die Aufnahmen von der ARD, ZDF bzw. RTL übernommen hatten.

----

87 Erlebnisreiche Fahrt zum zum UHC Hamburg:

Das Trinkgeld für die Fährleute für die Bootsführer und Fremdenführer hatten wir später nachgeschickt. Vorher war es uns ausgegangen gewesen. Den Bus, das Jugendhaus, Essen und Schnösen hatten wir vorher bezahlt. Doch den Eindruck Ihrer ersten Hafenrundfahrt werden die Kleinen nie vergessen. Mit Bammel sind wir über die berüchtigte Reeperbahn geschlendert. Besonders den Stefan mussten wir vor den Damen schützen. Um zum „Michel", (St. Michael) zu kommen, muss man den Weg über diese Meile nehmen. Keine Probleme hatten die mitgereisten Eltern: Kaufe ich einen Seidenschal oder eine schicke Bluse? Da war es: Das weltstädtische Flair an der Innen-, oder war es die Außenalster; in dieser großen Stadt.

Mit 7 Mannschaften waren wir angereist. Die meisten Spiele hatten wir verloren, eins gewonnen und zwei waren Unentschieden ausgegangen. Doch unsere mitgebrachten Geschenke sollen „sehr doll" gewesen sein, wie der scheidende und der neue dortige Jugendleiter gemeinsam vermerkten. Wir hatten uns auch angestrengt und für jede einzelne Mannschaft etwas dabei.   Die Aufnahme beim Hamburger UHC war prima und der professionelle Zustand königlich-kaufmännisch-hanseatisch gut. Doch wie Gisela es treffend und mit Enttäuschung es ausgedrückt hatte, es gab vom dortigen Präsidenten kein Grußwort, einem Mann, dem wir kurze Zeit vorher bei unserer hiesigen Europameisterschaft gezeigt hatte, wie man sich um Gäste kümmert. Doch wie es auch war, die UHC Jugendleiter umsorgten uns mit Herz und Verstand. In Erinnerung bleibt für uns immer der UHC – Clubwirt, Deutschlands beliebtester Gastronom. Kein Kindergeschrei konnte ihn aus seiner Ruhe bringen, für jeden hatte er ein freundliches Wort. Wie er uns die Runden spendierte, dies war nicht nur famos, sondern auch für ihn sehr ertragsförderlich.

----

88   Der Limburger Hockeyclub war Europapokalsieger geworden,

eine Woche später kamen sie zu Halleneinweihung zu uns.

Die HTC-Buben, die sich gegen den Europapokalsieger Limburger HC wehrte. (Einweihung Halle Bachem):*(u.v.l.) Klaus Regeling, Jan Mahler, Olaf Henke, Andreas Schütz, Michael Hofer, Jörg Neufang, Guido Drodten, Gernot Sommer, Thomas Persigehl, Hing Kam, Joachim Schneider, Werner Schneider, Sönke Simon, Ulf Tolksdorf - (o.v.l.) Paul Lissek (Bundestrainer DHB), Frau Zirfas (Vorsitzende Limburger HC)*

Nationalspieler Chris Gerber im Zweikampf mit

89 Bin ich ein „Holländer"?

So wollte ich einmal wissen wie es ist, wenn man sich als deutscher Fan allein in den Block von ca. 3.000 Holländern setzt? Aber es war, wie ich es vermutet hatte, überhaupt keine Schwierigkeit. Sie nahmen mich liebevoll in ihren Reihen auf beklatschten, sicherlich mir als Freundlichkeit zugedacht, verschiedene gute Aktionen unserer deutschen Nationalmannschaft. Und später nach dem Spiel, gaben sie mir im Zelt gar noch einen aus.

Aber hatte ich nur Glück gehabt bei meinem Besuch im holländischen Fanblock. Ich wollte dies am nächsten Tag noch etwas ausweiten und noch mehr in Erfahrung bringen, wie die Holländer so ticken. So „verkleidete" ich mich mit einem Schreibblock und Bleistiften bewaffnet in die oberste Reihe des Mönchengladbacher Hockeystadiums: der abgetrennte „Pressebereich". Hier saßen ca. 20 Journalisten und schrieben ihre Zeitungskommentare; auch wurden Reportagen besprochen und aufgezeichnet – versendet. Zuerst mussten wir beim Abspielen der Nationalhymnen aufstehen. Es war nicht mein Bedürfnis, mich bei den Holländer beliebt zu machen weil, ich dort oben neben den salopp stehenden Niederländer besonders stramm stand und noch lange applaudierte. Ich wollte auch wissen, ob sie auch nach der deutschen Hymne den Beifall zollen würden. Ich wurde auch hierzu nicht enttäuscht.

Die Nationalteams von Australien, Indien, Neuseeland und den anderen Nationen kämpfen um den Sieg. Auch sehr spannend war das sogenannten Bruderduell zwischen dem holländischem und dem deutschen Team.

Drei Polizeibeamten, die für die Sicherheit dort eingesetzt waren, spazierten gelassen über die Anlage. In einem Gespräch mit diesen wichtigen Ordnungshütern sagten sie unverblümt; „Wir verstehen das hier nicht. Seit drei Tagen patrouillieren wir hier unentwegt, aber es passiert ja eigentlich nichts. Wenn wir Polizeibeamten bei anderen Sportarten eingesetzt werden, haben wir oft unsere liebe Not!" „Und - nach den Spielen verbrüdern sich oft die Fans von beiden Mannschaften und trinken zusammen ihr Bier". Das ist so ungewöhnlich und so nett".

90 Musikfahrplan z. B. Beim Spiel Deutschland gegen China am 20.06.2004

Zur Atmosphäre für die Teams und Zuschauer angebracht:

ab 9.00 Uhr   Musikberieselung durch gängige Musik,

ab 10.00 Uhr Trommeln der Gruppe „Batida de Samba",

ab 10,15 Uhr   Musiktiteln durch DJ Mario,

ab 10,20 Uhr   Trommeln der Gruppe „Batida de Samba",

ab 10,30 Uhr Musiktiteln durch DJ Mario,

ab 10.35 Uhr   Trommeln der Gruppe   „Batida d Samba",

ab 10,40 Uhr   Begrüßung: und Vorstellung von Sponsoren,

ab 10.45 Uhr   „Dame der Rose", (mit Herrn Wittpohl),

ab 10.48 Uhr   Trommeln „Batida de Samba",

ab 10.55 Uhr   **Einmarsch der Teams mit Begleitkindern,** (Marsch Nr. 9)

ab 10.57 Uhr   Nationalhymne – zuerst China, dann Deutschland, mit Vorstellen der Namen,

ab 11.00 Uhr   **Beginn des Länderspieles,**

dazu wieder   „Trommeln der Gruppe „Batida de Samba",

ab 11.35 Uhr   **Halbzeitpause:**   DJ Mario mit Musik „Chinasong",

------------------------- Achtung: Die Chinesische Botschaft bringt ebenfalls „Trommler" mit!------

Nach Spielende: „Trommeln mit der Gruppe   „Batida de Samba",

DJ Mario mit dem Abschiedssong: „Freunde lebt wohl" von den PEANUTS.

----

91 Hockeylied des HTC Bad Neuenahr 1920 e.V.

Hockeylied

HTC Bad Neuenahr

<u>Melodie: Gold und Silber (fröhlich – schmettern)</u>

Hochgepriesen sei der Ort
Unter Gottes Sonne,
Wo die Jugend Spiel und Sport
Treibt mit Lust und Wonne.
Drum nach Tages Müh´ und Hast
Leg die Sorgen nieder,
Eil hinaus zum Hockeyplatz
Stärk dir Geist und Glieder.

Wo Gesundheit soll gedeih´n,
Frohsinn soll erblühen,
Muß nach Arbeit, Last und Leid
Man zum Sportplatz ziehen,
Mit dem Schläger in der Faust
Manchen Sieg erringen,
Wenn der Ball zum Ziele saust,
dass die Fetzen fliegen.

Brennt die Sonne auch mit Macht,
Bräunt dir Stirn und Wangen,
Zaust der Sturm der Locken Pracht,
Laßt den Kopf nicht hangen.
Schlägt dir auch des Gegners Spiel
Manche tiefe Wunde,
Bist du auch kein Champion,
Bist du doch gesunde.

Der ist doch ein armer Tropf,
den kein Sport mehr locket,
der mit Grillen in dem Kopf
Hinterm Ofen hocket.
Ist er auch ein Mann von Geist,
Muß er doch versauern,
Weiß nicht was Gesundheit heißt,
ist recht zu bedauern.

Drum leb´ hoch der Hockeysport,
Blühe und gedeihe!
Seinem Wohle fort und fort
Dieses Glas ich weihe!
Werden auch die Locken weiß,
Jung das Herz doch bleibet
Dem, der Hockeysport mit Fleiß
Bis ins Alter treibet. EM.

92 Hockeywohltäter und Freund: Herr Wolfgang Reisser, HC Ludwigsburg.

Eine wunderbare Geschichte:

Viele Menschen hatten schon einmal einen wunderbaren Traum: Unverhofft etwas geschenkt zu bekommen oder andersherum gesehen, jemanden etwas geben. **Wer nicht am Tage träumen kann, der verpasst in seinem Leben eine Menge.** Aber leider gehen die wenigsten Träume in Erfüllung!

Ich selbst habe mich in manchen Situationen ertappt, wie ich bei „sehr viel Geld", jedem Hockeyclub einen neuen Kunstrasenplatz und die entsprechende Hockeyhalle spendieren würde. Auch in „hockey-armer" Gegend wie z. B. beim Verein Hessen Kassel, der wie der HC Westerwald über 100 km weit reisen muss, um den nächsten Gegner zu treffen, da würde ich gerne helfen; wenn ich es nur könnte.

In unserer Gegend hatte ich mir schon gedanklich ein eigenes Hockeyzentrum gezimmert, weil in einer romantischen Ahrschleife zwischen den Steillagen der Weinbergen genügend Platz für einen Platz mit Naturtribüne, einer Hockeyhalle nebst Wirtschaftsgebäuden und Hockeyhotel wäre. Aber es ist ja nur ein "spinnertes" Gedankenspiel.

Der bekannte Sport- und Medizinförderer Dietmar Hopp (Hoffenheim) oder Hasso Plattner (SAP), die dem Sport und der Wissenschaft viel durch ihre Spenden geben und sich dadurch sehr verdient machen, sind gute Beispiele im Lande.

Wenn der Deutsche Fußball – Bund, DFB, genau 1.000 kleinere – umzäunte Fußballplätze in ganz Deutschland in, kleineren Orten auf dem Land oder auch in Großstädten den Fußballfreunden zur Verfügung gestellt hat, ist dies auch eine gute Sache. Gleichzeitig ist das aber auch für den DFB eine Chance, mehr Talent zu entdecken und zu fördern.

Die Hockeyzeitung, die DHZ mit ihrem Chefjournalisten Uli Meyer, hat eine sehr wunderbare Geschichte bearbeitet und vielen Lesern zur Freude nahegebracht. So wurde berichtet:

Der Initiator und Finanzier Wolfgang Reisser, auch heute noch ein aktiver und brillanter Hockeyspieler und mit der Ü60 – Auswahl Vize-Europameister, ist sein ganzes Leben dem Sport verbunden und möchte mit seiner Stiftung seinem Club etwas zurückgeben, was er wie viele andere auch durch den Sport selbst erfahren durfte: Spaß, Fitness, Freundschaften und die Erfahrung, gemeinsam zu gewinnen, aber auch zu verlieren. (Michael Thum).

Ludwigsburg hat ein neues Highlight. Die Wolfgang Reisser – Stiftung, die sich die Förderung des Hockeysports, im besonderen des HC Ludwigsburg verschrieben hat, übergab kürzlich ein Großprojekt der Öffentlichkeit. Der Hockey-Club Ludwigsburg darf sich über neue Geschäftsräume, Hockeyhalle und Kraftraum freuen, aber auch viele andere partizipieren von so viel Großzügigkeit. Auch die Selektion des Deutschen Alpenvereins hat ein neues Quartier hier bezogen. **Wir können uns nur für diese Großzügigkeit verneigen und sehr freuen.**

----

93 **Brief des Bundesministers der Verteidigung, Volker Rühe-**

   Schirmherr der Eröffnung des Hockey – Kunstrasenplatzes.

Bundesministerium der Verteidigung   Bonn, 15. 09. 94
Der Bundesminister

Volker Rühe

Herrn
Erno Mahler
Organisator HTC
Postfach 10 04 14

53474 Bad Neuenahr

EINGEGANGEN 18. Sep. 1994

Sehr geehrter Herr Mahler,

auf diesem Wege möchte ich mich noch einmal sehr herzlich bedanken für die
Zeitungsausschnitte über die Eröffnung des Kunstrasenplatzes in Bad
Neuenahr und die gelungenen Fotos.
Mit Ihrer guten Organisation haben Sie eine Veranstaltung auf die Beine
gestellt, die für alle Beteiligten ein großartiges Erlebnis war und zugleich einem
guten Zweck diente.

Mit freundlichen Grüßen und herzlichen Dank

**94   Beispiele
von
verschiedenen**

Briefwechsel als Hockeyfunktionärs

95 Mit dem Rad zum Hockeyclub Bloemendaal in Holland,

Eheleute Heinz-Gerd und Helga Opheis auf großer Radtour.

Unsere HTC Mitglieder Helga und Heinz-Gerd Opheis, (früher Düsseldorfer), haben nach ihrer beruflichen Karriere nicht nachgelassen, dem Sport in seiner Vielzahl an Möglichkeiten weiterhin viel Freude abzugewinnen. Als gelernte Tennisspieler haben sie auch ein Herz für Hockey. Radfahren und Schwimmen in Spanien sind auch wichtige Elemente für die beiden Sportsfreunde. Von ihrem jetzigen HTC an der Ahr einmal mit dem Rad ein paar hundert Kilometer zurückzulegen, macht keine Mühe. Der wohl berühmteste Hockeyclub in den Niederlande ist quasi der ständige holländische

Serienmeister, der **Hockeyclub Bloemendaal von 1895.** Wir sind sehr froh, die beiden „Opheis" als Hockey- und Tennisfreunde bei uns zu haben.

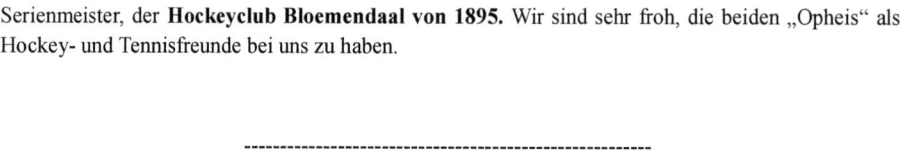

96 Neben dem Spaß und dem Erlebnis beim Hockey konnten wir des öfteren auch an andere Menschen danken.

Wenn es auch oft sehr schwierig war, einen Länderkampf, eine Meisterschaft zu organisieren und dem nötig gebrauchten Geld hinterher zu laufen, so hatten wir das Glück aber auch, dass manchmal etwas übrig blieb. So hat es dem eigenen Club gutgetan, etwas für andere Fälle zurückzulegen. Aber wenn eine Veranstaltung besonders gut gelungen war oder wenn es vorher ausgelobt worden war, wir sammeln „Spenden" für diese oder jene Organisation, haben wir natürlich unsere Pflicht getan und z. B. dem „Verein zur Rettung bosnischer Flüchtlinge" oder „der Tafel" bzw. anderen Organisationen den Überschuss überbracht. Dazu wurden Mitglieder gebeten die Spende zu überbringen, die besonders viel bei der Veranstaltung geholfen haben.

Gisela und ihre Freunde haben sich auch viele Mühe gegeben, nicht einfach etwas zu kaufen, sondern es wurde stets verantwortungsvoll geplant; bei der jetzigen Veranstaltung/Spende denken wir an „Babynahrung" in vielseitiger Art oder bei anderen Veranstaltungen, anstatt von nur Lebensmitteln herbeizuschaffen, wurden Pflegemittel, Schuhcreme, Zahnpasta etc. besorgt.

----

97 Danksagen ist doch immer angebracht.

Bei wem fängt man an und wen hat man doch vergessen? Es ist ein ewig neues Unterfangen dieses Aufgabe richtig und würdevoll zu lösen. Viele Menschen helfen aufgrund ihres Amtes, ihrer Hilfsbereitschaft und ihrer Freundlichkeit. Manche unterstützen den Sport, den eigenen Verein, oft aus reiner Freude, mal ein wenig gezwungen, aber sie helfen und haben manches Projekt dahin zum Laufen gebracht.

Diesen allen Freunden des Sportes und jeglichen anderen Grundes: Danke !!!!

Dazu: Dazu besonderen Dank an die Familie Regeling, die immer wieder ihr "Sterne – Hotel" auf besonders günstige oder gar kostenlose Aufenthalte zur Verfügung stellte. Ein Riesenbegrüßungsschild für die chinesische Mannschaft auf dem Balkonen, oben auf dem 4. Stock, waren genauso blitzschnell wie ein neuer Fahnenmast für die chinesische Flagge geordert worden. Auch dachte der Hotelier an die „Stäbchen" für die Gäste aus Fernost wie aus anderen Ländern. Auch stiftete die Familie Regeling Trainingsanzüge für unsere Jugend.

Frank Ronstadt half, in dem er quasi ins kalte Wasser hüpfte und das Training übernahm, wie Daniela Mahler, Tim, Daniel oder Frau Rieck – Gangnus und viele andere. **DANKE !!!!**

98 Auch die Kinder – Jugendlichen – die Erwachsenen sagen danke,

   in die andere Richtung. Das ist nicht überall so:

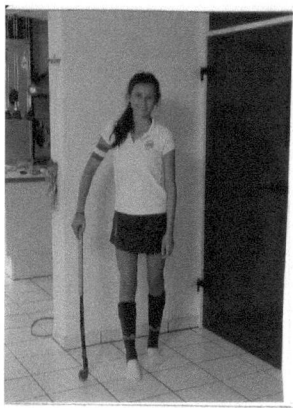

Lieber Erno,
Danke für meine drei Jahre Hockeytraining bei dir.
Es war schön das wir nach der Schule auch noch etwas Spaß hatten. Auch wenn du manchmal genervt warst, hast du doch immer unsere Späße mitgemacht. Es gehört einfach schon so in mein Leben: Dienstag Hockey bei Erno! Aber es ist gut so wie es ist. Der Ball wird nie müde, das werde ich nie vergessen, denn du hast es mir eingeprägt.
Danke Erno, deine Katja.

Lieber Erno, ☺

Ich finde es sehr traurig das du damit aufhörst uns zu trainieren.

Denn du hast motiviert auch wenn wir am Anfang noch nicht so gut waren.

Du hast uns auch jedes Training Süßigkeiten mitgebracht die sehr lecker waren.

1. Herren Hockeymannschaft Spielzeit 2002/2003

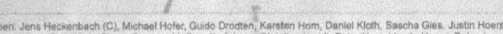

Oben: Jens Heckenbach (C), Michael Hofer, Guido Drodten, Karsten Horn, Daniel Kloth, Sascha Gies, Justin Hoerste
Unten: Klaus Steinbach, Simon Grunewald, Swantje Adams, Christian Kreidt, Peter Herschbach, Hanno Ruland

Nachts in München

Michael Müller und Gisela Mahler überreichen Uhren und Handtücher an die Bundeswehrauswahl anl. der Eröffnung des Platzes

99 Editorische Notiz:

Einige der hier versammelten Texten gehen auf Geschichten zurück, die in ihrer ersten Fassung in dem Buch **„Hockeystunden zählen doppelt" veröffentlicht** wurden. Andere Texte in Grundformen auf Arbeiten zurück, die im hiesigen Heimatjahrbuch oder in verschiedenen Clubheften erschienen. Alle Texte wurden überarbeitet, zum Teil erweitert oder völlig erneuert. Die anderen Geschichten wurden für dieses Buch geschrieben.

----

100 Deutsch- (BRD) und deutsche (DDR) Hockeyspiele in Bonn und Osternienburg. War wegen „Fluchtgefahr" die „STASI" immer dabei? (von Kay Milner, Bonner THV – in der DHZ Nr.33/ 2009)

Fundgrube: <u>Bonner Hartnäckigkeit zahlt sich aus - der Sport siegt über die Politik.</u>

Eigentlich hatten die Bonner Spieler die Hoffnung schon aufgegeben. Nachdem man gegen Mannschaften aus aller Welt bereits gespielt hatte, suchte man in den 80er Jahren neue

Herausforderungen. Warum also nicht gegen eine Mannschaft aus der Deutschen Demokratischen Republik (DDR) zum Schläger greifen? Das Problem: der deutsche-deutsche Sportkalender. Jede Begegnung zwischen Vereinen der Bundesrepublik Deutschland und der DDR musste damals beim Deutschen Sportbund (DSB) zunächst beantragt werden – in langwierigen Verhandlungen zwischen dm DSB und dem DTSB, dem Deutschen Turn- und Sportbund der DDR, wurden dann die wenigen Begegnungen vereinbart. Hockeypartien auf Clubebene waren seit 1961 noch nie ausgetragen worden.

Vier Jahre lang hatten die Verantwortlichen des Bonner THV vergeblich Anträge an den DSB gestellt. 1984 kam plötzlich die Wende: Erstmals wurde Hockey aufgenommen. Der Partner der Bonner hieß BSG Traktor Osternienburg, DDR-Rekordmeister.

Für die DDR-Funktionäre waren die Wettkämpfe auch eine Prestigefrage und sportlich wollte man kein Risiko eingehen. Warum Hockey auf einmal aufgenommen wurde, konnte nie ganz geklärt werden. Die DDR nutzte aber den Sportkalender vorwiegend für Randsportarten, die nicht mehr finanziell gefördert wurden. Nach dem 11. Platz 1968 bei den Olympischen Spielen in Mexiko, wo erstmals zwei deutsche Teams antraten, wurde Hockey für die DDR-Sportler gestrichen. So kam es im September 1985 in Bonn nach 17jähriger Unterbrechung auf Länderebene zu der ersten denkwürdigen Begegnung zwischen einem Team aus der BRD und einem aus der DDR im Clubbereich.

Deutsch-deutscher Kontakt war aber verboten!

Allerdingst hatten sich die Bonner die Begegnung aus der Ostzone wohl etwas rheinländisch einfach vorgestellt. Es war alles etwas steif. Delegationsleiter Wolfgang Hanisch, Bronzemedaillengewinner im Speerwerfen 1980 in Moskau, wollte kein Risiko eingehen. Am ersten Abend gab es auch keinen Kontakt zwischen den Mannschaften – auch die Funktionäre blieben unter sich.

Am nächsten Tag wurde gespielt – der 3:1 Sieg der Gäste war nie in Gefahr gewesen – das war dann schon mal gut gegangen.... Und die Osternienburger konnten noch nicht mal in Bestbesetzung antreten. Der Spieler der Osternienburger Mannschaft durften nicht mitfahren: einer war beim Militär, ein anderer aus politischen Gründen abwesend und der dritte Spieler war gerade geschieden worden – offensichtlich galt dies auch als Risiko für eine Sportbegegnung in Westdeutschland.

Erstaunlich war bei der Partie zwischen dem Bonner THV und dem BSG Traktor Osternienburg das große Medien-Interesse. Die FAAZ hatte einen längeren Vorbericht gebracht, in der ZDF-Sportreportage lief eine kurze Aufzeichnung und bei der anschließenden Pressekonferenz waren über 20 Medienvertreter anwesend. Beim abendlichen Bankett gab es zwar noch getrennte Tische, aber die Atmosphäre zwischen den Gästen und den Gastgebern war schon etwas lockerer. BTHV Eberhard Nöller musste sein gesamtes diplomatisches Geschick aufbringen, damit es einerseits nicht zu steif wurde, andererseits aber auch nicht Bruderschaft getrunken wurde.

Womit anschließend niemand gerechnet hatte: der Bericht des Osternienburgers Delegationsleiter Wolfgang von Hanisch von der Sportbegegnung war so gut ausgefallen, dass es tatsächlich 1986 zu einem Rückspiel in Osternienburg kam. Auch hier war die Vorfreude groß – 28 Bonner machten sich auf die Reise, inklusive Medienvertreter des WDR und der lokalen Presse.

Der „Spiegel" sorgt für Tumult an der Grenze.

Die Bonner hatten allerdings vor der eigentlichen Begegnung noch die eine oder andere Hürde An der Grenze zu überwinden. Irgendein Dokument fehlte, aber noch schlimmer. Ein Bonner hatte die Zeitschrift: „Der Spiegel" dabei – daraufhin hieß es erstmals links, äh, rechts parken und da 4 Stunden lang.Und bei der Ankunft in Köthen war erneut das diplomatische Geschick von Nöller gefragt. Protokollarisch waren nur 22 Personen erlaubt - die Bonner waren aber mehr. Die sechs Fans und die

Journalisten sollten in einem 70 km von Köthen entfernt wohnen. Nöller gelang aber nach längeren Verhandlungen und Telefonaten, dass alle vor Ort bleiben durften.

Untergebracht war die Bonner Delegation im Bahnhofshotel Köthen und wurde dort von den Offiziellen empfangen. Die Mannschaft traf man leider erst am nächsten Tag wieder.Für Bonner aber kein Problem – das Hotel hatte eine tolle Kellerkneipe. Versacken gehört natürlich zum Pflichtprogramm eines jeden Rheinländers und Hockeyspielers und es ist ja kein Geheimnis: wer vor einem wichtigen Spiel früh ins Bett geht, trifft am nächsten Tag meistens nichts. Und wenn dann noch das weibliche Personal s sympathisch und fix ist, dann steht einem gelungenen Abend nichts im Wege. Hinterher erfuhr man aber, dass es ausgesuchte Bedienung war. Staatsgeheimnisse der BRD hat aber hoffentlich niemand in den frühen Morgenstunden verraten....

Der Höhepunkt fand am Samstag statt – die internationale Begegnung – wie auf Plakaten in der Stadt zu lesen war. Beeindruckend die Anlage der Gastgeber – vier Naturrasenplätze im besten Zustand – ein Traum. 500 Zuschauer sahen dann ein erstaunlich ausgeglichenes Spiel und der 2:1 Sieg der Gastgeber fiel knapper aus als erwartet – nach dem gelungene Vorabend kein Wunder.

Bonner und Osternienburger Freundschaft hält bis heute.

Erstaunlich locker und gelassen ging es dann beim abendlichen Bankett zu. Die Mannschaften saßen dieses Mal nicht getrennt und sprachliche Hürden waren nicht zu überwinden. Ein Bonner: „Es musste auch niemand befürchten, dass einer von uns bleibt." Und der Abend sollte auch dieses Mal wieder sehr spät enden. Einige Spieler schafften es, den Funktionären zu entwischen und trafen sich heimlich in der Wohnung eines Osternienburger Spielers, was nicht ohne Risiko war.

Auch wenn es zu keinem dritten offiziellen Spiel gekommen ist, was sich alle gewünscht hatten, ist der Kontakt nie abgerissen und man traf sich immer wieder inoffiziell. So direkt nach der Wende 1990 beim deutsch-deutschen Treffen in Bonn und bei runden Jubiläen in beiden Städten. 2010 wäre wieder ein runder Geburtstag zu feiern – das 25-Jahr-Jubiläum des ersten Aufeinandertreffens zwischen dem Bonner THV und dem BSG Traktor Osternienburg. Lothar Berger,der seit einigen Jahren in Bonn wohnt und damals Mannschaftsführer der Osternienburger war, hat schon mal Kontakt aufgenommen.(Kay Milner).

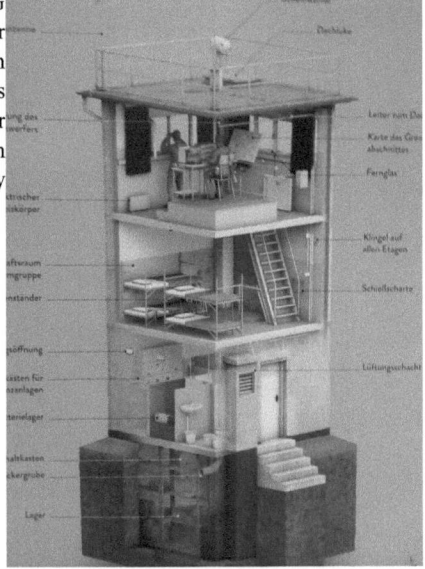